O CHIMPANZÉ COBAIA

*Obra concluída com o apoio
do Programa de Bolsas para
Escritores Brasileiros da
Fundação Biblioteca Nacional.*

1ª edição, 2022 / São Paulo

O chimpanzé cobaia

Marcelo Carnevale

LARANJA ● ORIGINAL

Este livro é para Ana Carmen.

*O amor é o menino no tombadilho em chamas
tentando recitar "O menino estático
no tombadilho em chamas". O amor é o filho
 de pé, gaguejando estilo
 enquanto o pobre navio incendiado vai a pique.*

— Elizabeth Bishop,
de "Casabianca", *North and South* (1946)
(trad. de Horácio Costa)

Capítulo 1

O olhar não se desviava de mim. A princípio achei que era paranoia, espécie de arquitetura do tédio. Não havia mais ninguém ali, só mesmo o sol a pino e aquela dormência na consciência provocada pela alta temperatura do zinco, capaz de esconder o algoz sem nos poupar o seu castigo. Dividíamos o calor e o pedaço de sombra. Não queria mostrar incômodo, mas sua respiração ofegante começava a comandar a minha. O que fazer? Devolver o olhar? Sempre fui eu que o fitei primeiro, tantas vezes, desde que ele era pequeno. Sem pressa, mas suando muito, pude perceber que me acalmava e optando por uma espécie de indiferença me submeti ao atrevimento da sua câmera. Por instinto atirei um pedaço de madeira ao vento junto com a voz de comando:

– Pega! Pega lá!

A rotina caducou de vez e ele não me obedeceu, parecia saber melhor do que eu a diferença entre intenção e gesto. Corri então para pegar a madeira. Ele acompanhou atentamente com seus olhos castanhos. Depois que parei suado e ofegante, se aproximou, cheirou minha perna e seguiu rumo ao boqueirão. Me dei conta que estava daquele jeito: isolado e indisfarçável.

Meu espírito volátil dançava em torno do meu corpo como se a guarda estivesse ameaçada. E a dança se repetia, ocupava três dimensões do meu pensamento; eu esbarrando em mim mesmo o tempo todo. O cão seguia livre, negro, intenso no seu faro, perscrutando a sombra do destino prestes a se precipitar. Eu não tinha sua velocidade muito menos a precisão das atitudes – tão concretas e autônomas que encerravam a cada variação um ciclo completo de intenções – voava a meu modo como se fosse possível inventar tudo, experimentar todos os planos, criar novas coleções de plantas, cores, tipos e espécies improváveis.

Por enquanto, as fendas abertas no solo ainda são apenas o sinal mais evidente, o contraponto ao verde que resiste. Estão ali presentes e sinto que ressecam minhas mãos também. O cão fareja, lambe o chão, me espera chegar até a entrada da sede. Deve ficar por ali, na varanda, quieto como um leão de chácara. Sinto orgulho dele. O tempo foi adestrado por ele, há dignidade na repetição dos seus movimentos, sua inquietude não põe à prova seus limites. E aquele olhar? Sincero e inteiro. Sentiu algum cheiro diferente? Enxergou algo invisível ou simplesmente demonstrou uma fidelidade inesperada?

É preciso mapear a seca na região. Da fazenda, o bimotor decola para um giro rápido, mudando tudo de escala. O cão um ponto. A casa um parêntese. O rio, o verso inteiro, assimétrico, inevitável, incoerente, quilômetros de grafismo intenso. Bate sol na janela do avião, por vezes perco o foco devido ao clarão que me cega, são flashes quebrando o fluxo do meu pensamento; em seguida, uma nuvem de poeira vermelha sobe, avisando o pouso perfeito. Estou afetado pela velocidade do giro que me fez partir e chegar ao mesmo ponto (ao que todos chamam de voo de reconhecimento). Devo confirmar o estado geral das coisas, num prognóstico dessa espiral da terra, usando a percepção para prever o clima e, quem sabe, tocar o futuro.

A palma da minha mão arde, deixo o cão lambê-la insistentemente, meus olhos disfarçam o prazer. Enquanto puder mantê-lo por perto o dominarei. Sua respiração penetra meus ouvidos como o barulho de um serrote, o animal apresenta novos traços de insubordinação ao mundo e a mim (seu dominador). Encarnação do humano que me persegue, parece que seu focinho aprendeu a cheirar a alma do dono e o serrote no seu peito (e no meu ouvido) serra depressa e ritmado, provocando um frio metálico improvável, a tensão da liga prestes a se romper. Agora, sua língua-serrote repousa obscena na boca entreaberta, alimentando discretamente esta sonoplastia. O cão, por algum motivo, não me pertence mais.

– Sai daqui! Passa! Chispa!

Ele me encara novamente.

– Vai pra puta que te pariu! Vai arrumar uma cadela, seu tição sem plumas!

...

A pouca quantidade de água não hidrata, não alimenta a seiva, não contribui para a elaboração do pólen, abrevia a infância da planta e tudo o que garante a continuidade da criação (incluindo aí o fruto como expressão máxima da sua expansão). Eu não possuo olhos de cientista, desconheço as modificações elementares na formação das plantas, mas sinto a danação do desequilíbrio, a improbabilidade de termos um tipo de ar mais puro – o oxigênio da fecundação. A aceleração da vida tem permitido novidades sombrias como a metamorfose retrógrada das quaresmeiras, por exemplo. Capazes de nos confundir com sua beleza decadente, essas árvores estão anunciando a morte prematura e são aplaudidas por uma plateia desinformada que comemora seus surtos de florescência, sem saber que a poluição as obriga a produzir mais flores, sementes e "descendentes", com o objetivo de permanecerem como espécie viva no lugar; independente deste lugar ser uma calçada de concreto numa rua movimentada de São Paulo. Um buquê diabólico no qual a beleza aponta para o fim das coisas belas. A natureza é insuperável nos seus códigos mais sutis, mesmo reduzida à condição de meio ambiente, ela se desgruda do *outdoor* da cidade e oferece mais flores antes de morrer. A quaresmeira é desumana e esperamos dela, além do roxo exuberante, um pouco de alento para o tarde demais.

...

Os pensamentos apressam a minha alvorada. Vou em direção à neblina azulada; depois da primeira porteira a picada acompanha a elevação do terreno. Onde estaria a quaresmeira mais próxima? A trilha não serve senão para permitir avançar da cabeça para o abdômen do meu próprio medo. O cão me segue determinado a provar uma fidelidade insuspeita. Agora, o sol impõe um ritmo cego, tatua na minha testa a febre, a retórica inteira numa sentença que arde: se a colheita tem que cumprir a promessa de grandes ofertas, devo colher espigas ou navalhas?

Quando não há comida o bicho devora a própria fome, o estômago cola num contragolpe, colhem-se outras coisas. Frutos advindos dessa ausência de continuidade, do delírio estonteante e das últimas gotas d'água, dos poros untados de nada, impedidos de promoverem contrações e dilatações ou qualquer movimento orgânico. Mas ainda restará vida e talvez, no meu caso, palavras apertando o peito.

– Cá estamos de novo: eu e você. Vamos! Me mostra o que você descobriu na sombra de zinco. Pega a madeira! Pega lá! Anda! Vai ficar aí deitado com essa cara? Vai sua besta, levanta agora essa cabeça! Então é isso: uma colônia de larvas formando uma placa branca na boca. Como eu não percebi antes a infestação? O buraco no focinho?

Os primeiros frutos da estação estão comendo você por dentro, merda!

O segredo está dentro dele, desde quando não sei. Esse terceiro buraco no focinho faz o contraponto: enquanto dois respiram, ele purga; dois alimentam, ele come, e o cão me olha sem desespero e sem solução, sem registro de tempo, como se um dia... hoje, a vida simplesmente apodreceu. A bicheira mostra a competência da natureza para toda a forma de amor – talvez eu esteja me encarniçando por estar impotente diante desse afeto escancarado – ele foi eleito para uma espécie de criação, transformando-se num ninho de moscas. Sua boca quente e úmida está servindo para a reprodução veloz; vai parir vermes, criaturas vivas e brancas, como vírgulas ou interrogações do tempo, no abismo que ele mordeu.

Quatro dias foram suficientes para trazer fedor, inapetência, uma certa bestialidade, deixando-o como um fóssil animado. Entre eu, André N., esse cão estragado e essas moscas por nascer, está o prato vazio e a boca oca.

Capítulo 2

Por onde começa uma biografia? Pensou Benedito Manaux ao sair do andar gelado e levar sobre o rosto uma lufada úmida e quente do velho centro da cidade.

Aquele homem sem camisa, ali, na janela daquele prédio misto, garante diferentes versões da realidade, pelo menos uma exatamente oposta à minha: seminu, no mesmo horário comercial, apenas do outro lado da rua, suspenso sobre a rotina de negócios do centro. Sim, um outro corpo pode significar uma outra vida, outros mistérios; não um discurso, uma fala, mas um corpo. Apesar de estarmos abraçados pelas mesmas notícias e sonhos de consumo, não podemos esquecer que somos corpos diferentes. Se estivéssemos num avião em pane, num CTI, ou num campo de concentração, teríamos que suportar a singularidade da matéria como experiência limite de vida e de morte. Todas as biografias estariam ali, instantâneas, em corpos anônimos, buscando a sobrevivência, prontas para serem publicadas. Histórias inteiras de desejos, encontros, perdas, transgressões e episódios corriqueiros, mas que olhados no último instante revelariam alguma poesia, singular e banal. Talvez esta seja a diferença: um corpo biografado se eterniza, incorpora a morte como mais uma parte da sua história. E qual será a melhor versão para a história de André N.?

Naquele quarto amplo do apartamento, na Glória, tirou a roupa e deitou-se abandonando as preocupações e a arrumação das coisas. Dormiu suado, o peito colado na página de uma revista; o *couché-mate* liso, melado, exalando uma tinta fresca, um perfume de que Benedito gosta. Ainda havia sol o suficiente para a poeira dançar iluminada por uma fresta de luz, e, nesse ritmo, o dia perdeu a intensidade para seu delírio interno, que funciona como aparador do mundo.

Em pé na plataforma do metrô, no ponto mais profundo do subterrâneo, Benedito se vê diante de catacumbas escavadas na parede da estação. Lá estão corpos aparentes em esquifes empilhados, uns sobre os outros, numa imensa vitrine de luz fria, mostrando a atuação do tempo na ausência de vida. Seu olhar, entretanto, se detém num único caixão fechado, visivelmente novo, ornado com desenhos bizantinos, de cores contrastantes (preto, branco e vermelho). Algo o captura para aquela imagem. Diante da diferença, do ataúde fechado para os corpos nus expostos em esquifes transparentes, intui que naquele, paradoxalmente, há vida. E nesse átimo, da atualização da ideia, um homem grisalho vestido de branco pousa a mão em seu ombro e, com ternura, lhe revela ser dele o corpo oculto.

Quando acorda, cinco recados pulsam na secretária eletrônica, fazendo-o suspender a vontade de mijar. Detona o *start* da fita como se estivesse à procura de um sentido para aquele sonho. Primeira mensagem, engano; segunda, orçamento para uma editora; terceira, sem recado; quarta, editor da revista querendo marcar reunião para discutir a pauta especial; quinta, sinal de fax. Segue rumo ao banheiro para liberar o que a ansiedade interditou, olha para o ladrilho e pensa nos recados, na dificuldade de viver em paz, sem ter que se submeter à pressão de responder a tudo e a todos. Sobre o sonho, ainda se pergunta: por que foi preservado de ver o interior do caixão? Que tipo de ligação faz crer que o mistério da imagem restituía a sua própria presença? Um corpo ligado a códigos que desconhece.

Ao retirar um prato sujo do fundo da pia descobre uma barata morta, provavelmente afogada, sua reação de nojo é suficiente para provocar o abandono da cozinha e ligar o computador, retomando a rotina de *e-mails*, pendências, orçamentos e textos. A edição do boletim do v Congresso de Cardiologia e a tradução do inglês de um manual que revela um dos mais modernos sistemas de construção a seco criado nos Estados Unidos: *Dry Wall*. Lembra-se de programar uma pesquisa na Internet sobre André N., inverte a ordem de prioridades e se conecta à rede. Sua intuição sempre vem acompanhada de uma espécie de obsessão, no fundo agradece a contribuição da barata que reduziu o tempo do percurso entre a louça na pia da cozinha e o computador, na sala.

We found 28,427 results:

ASA DELTA EM PORTUGAL
Asa delta em Portugal. Voo livre. Autor. Olá o meu nome é André rebelo e pratico Voo livre em Asa delta desde Agosto de 93. NEXT PAGE. You can reach me by e-mail at: andre.n.rebelo@telecia.pt...
wwwgeocites.com/Yosemite/5016/mypage3.htm · Translate
more pages from www.geocites.com

PROJETOS RELEITURAS - ÍNDICE GERAL
... Campos Pedro Amaral Pedro Lázaro Teixeira Pérolas do vestibular Poeta, Mostra Sua Cara A André N Ariano Suassuna Autran Dourado
releituras.com/reler.htm · Translate

VESTIBANET - RESUMOS DE LIVROS
Resumos de Livros. Voltar. Resumos de Livros. Um dos maiores acervos de resumos da Internet brasileira – 176 livros. 0-9. 200 Crônicas Escolhidas – Rubem Braga (novo) A. A Bicicleta Azul - ...
www.zump.com/vestibanet/resumos/livros.htm · related pages · Translate
More pages from www.zump .com

ESTATÍSTICAS ELEITORAIS
Tribunal Regional Eleitoral de Goiás. Principal. Institucional. Serviços.

Arquivos. Legislação. Links. Fale Conosco. Clique nas opções sublinhadas em verde para navegar entre os...
www.tre-go.gov.br/spelho/lv55639.html · translate
More pages from www.tre-go.gov.br

Servidor dos alunos: Pedro Andre N. Domingues
Pedro Andre N. Domingues Aluno nº 13786. pedro-a-domingues@alunos.utad.pt
www.alunos.utad.pt/-al13786/ · Translate
More pages from www.alunos.utad.pt

Gabão
Relação de Países: G até I. GABÃO. (República Gabonesa) Data Nacional: 17 de agosto. SE Sr.
Marcel Odongui-Bonnard. Embaixador Extraordinário e Plenipotenciário. 5/6/95. Sra. Sylvia...
www.mre.gov.br/icd/paisgi.html · Translate

Quantos André N. tem na Internet? Quantos realmente existirão? A matéria poderia começar por este ponto: uma investigação sobre a biografia de vários André N. Como no sonho, todos estariam superpostos em esquifes (em resenhas), suas histórias brevemente escritas apontariam a maior incógnita: o André N. mais arredio, avesso à exposição pública – que de certa forma estaria dentro do tal caixão bizantino porque ainda vive. Quem sabe a imagem tenha sido criada para revelar o desejo de tocar na vida desse escritor? Antes que o abandono da literatura represente a última versão.

André não possui uma resposta convincente para o combate à estiagem que ameaça a lavoura de milho. De madrugada, deitado, acaricia os cabelos do peito obedecendo a um ritmo contínuo, compondo um traçado, um viés de sensação calmante que invariavelmente sobe e desce lentamente pelo corpo até eriçar a pele, os pelos e alterar o ritmo da respiração. Inventa possíveis trajetos de rios com a própria mão. Sente a circulação sanguínea, a saliva e a alma.

Pela manhã, quando desce do carro na fazenda, seus olhos estão irritados e com uma coceira incômoda. Ele vai ao encontro do administrador sem conseguir abri-los direito, esfregando primeiramente a mão e depois a barra da própria camisa. Um empregado informa que Cristóvão está no curral, segue para lá confiando mais na própria memória do que no que a vista consegue enxergar. Ao se aproximar da roda, formada por três homens e duas crianças, André se depara com uma vaca parindo um bezerro. O texto ensaiado para orientar Cristóvão some junto com a coceira, seus olhos se acalmam em sinal de respeito e curiosidade. Cristóvão o cumprimenta rapidamente enquanto ajuda a cria, ao mesmo tempo uma das crianças se apoia na perna de André para ver melhor a cena; o gesto espontâneo do menino o faz sorrir por dentro. André respira fundo e experimenta aquela sensação secreta: a celebração sem a propaganda da celebração, como se deve viver os rituais. Aprendeu a expressar esses sentimentos num sorriso amistoso, marca reconhecida por todos da fazenda e do vilarejo de São Gabriel.

Ao contrário desse bicho que acaba de nascer, como parte da árvore, talho mais uma vez minha descontinuidade. Sem sucessor natural não imprimo minha marca, não floresço ou semeio, ganho uma espécie de destaque: o galho isolado, sem ramificações, incapaz de sombrear, menos natura quase antena, sujeito à incidência de raios ou ao pouso forçado de pássaros, nunca um abrigo seguro. A extravagância da copa.

A ausência de mulher e filhos me impede de ter uma autoridade legítima sobre certos assuntos da comunidade. Sem qualquer indício de segregação, a diferença inspira olhares piedosos e uma infinidade de afilhados, como se a falsa paternidade imposta pelos homens das famílias locais me reservasse o lugar de grande pai. Nada disso seria demais se junto ao ofertório não viesse uma espécie de súplica estampada nos rostos das mulheres: "ele é um homem seco, mas é um bom homem, tomara mesmo que não volte para a cidade grande".

São essas as mulheres que marcam minha diferença com seus poderes de territorialização. Cultivam frutos e filhos com a delicadeza e a firmeza dos cantos, das ladainhas que determinam o ritmo dos acontecimentos e a intensidade com que se acolhe ou se rechaça um ou outro. A mim dedicam um gesto santo porque reconhecem, com sabor de milagre, alguns procedimentos éticos, a dignidade com que trato todos os que trabalham nas minhas terras, o compromisso com a educação e as noções básicas de saúde que melhorou muito a vida de quem trabalha aqui. De certo modo são sábias e ignorantes, confiam em valores calcados sobre experiências concretas, desconhecem seus direitos e por isso serão eternamente gratas. Pois eu agradeço tanta gratidão, não quero essa luz toda! Como se meu corpo estivesse sempre sob um sol divino ou envolto em preces redentoras.

André inventa uma desculpa para Cristóvão e se retira do curral. Sobe, desce, vai de encontro ao barulho do rio, arranca as botas e experimenta fugir da trilha.

Do que se trata? Por que não o caminho tortuoso da mata? Essa fenda úmida, a atmosfera densa que mistura a alta temperatura com o suor que não compartilho. Sinto meu corpo e meus músculos contraídos. Fertilizo a natureza, ofereço meus líquidos, meus pudores, meus pensamentos viscerais que não cabem mais na minha boca e nem nos meus dedos.

André sucumbe ao ritmo imposto pela forte inclinação. Pensa em morrer sufocado, passa a liberar gestos imprecisos. Diante de uma figueira para subitamente, apoia o braço e encosta a cabeça, controlando o peito ofegante. A grande árvore parece desdenhar da sua presença, ele se sente contrariado, não é ali mais uma vez que as coisas se restabelecem. As mãos dentro das calças trabalham freneticamente.

Também fabrico bezerros, aquele que nasceu é meu, reconhecível pelo cheiro, pela mesma necessidade de ar e de equilíbrio. São todas minhas criaturas, pertencemos à mesma fenda, respiramos as mesmas necessidades básicas.

André esfrega a sua mão no tronco da figueira e conclui que esse pacto não cabe em nenhum discurso, talvez, apenas, na sua própria intolerância. Ao voltar para o sítio, se recolhe ao quarto, troca a roupa molhada, passa os olhos nos poucos livros da estante e retira o caderno que usou até pouco tempo para "desescrever certas coisas".

9 de julho de 1994.

O que vem de mim não é mais cognitivo, é sensorial. São lembranças com textura e luz: meus pés descalços, brancos e firmes, untados de terra preta, consistentes e viris, brilhantes em água corrente, sinuosos e aderentes aos seixos do riacho. A pele sensível dos meus segredos em contato com cada temperatura; variações que tornam a vida suportável, como o frio do ladrilho hidráulico da cozinha ou o quente do tapete de sisal da sala. Penetro em cada espaço como se apalpasse um órgão, minha casa é minha saúde e do seu equilíbrio furto a paz que neutraliza meu desejo caótico.

Continuo compondo palavras, procurando os estados de alma, pensa ao terminar a leitura. Como fazia em São Paulo, quando adivinhava os pensamentos de cada corpo civilizado, as traições acalentadas nos elevadores, os olhares perdidos em cada semáforo, as sacanagens catequizadas nos discretos apertos de mãos – o absurdo diante do espelho. Experimentava a fissura dos que circulam pelas entrelinhas em busca de alguma garra de apoio, verificando algo sólido na personalidade do outro, palpável a ponto d'eu poder imobilizar com minhas presas de observador, numa proximidade brutalmente sedutora. Depois espargia uma nódoa de verdades desconcertantes como método de captura. Nunca usei camisinha porque, na dúvida, enfiava palavras ao invés do pau. Mas há muito que, para mim, o jogo do homem-vespa já perdeu o sabor, virou um cacoete medíocre entre o ego e o gozo sem risco, espécie de zumbido barato.

Agora não tem mais graça, entrego meus pés onde posso entrar inteiro, uma cumplicidade que faz falhar a voz, estilhaçar os movimentos e que não dá conta de nenhum tipo de enunciado. Sinto enormes desejos, atrações por sombras e texturas diferentes, onde as palavras apresentam volumes distintos, alguns fálicos outros sinuosos e escorregadios, sustentados pela ausência de objetivos na composição. Não sou um homem do discurso (parece loucura pensar assim). E daí que para a maioria das pessoas isso signifique um desentendimento? Os delírios não precisam ser entendidos, sob o risco de se tornarem sem intensidade e de resgatarem a necessidade de qualquer representação para serem desejados. Os intelectuais são craques nesses jogos: não fabricam ideias, praticam taxionomia e usam camisinha.

A superexposição do olhar não garante a ninguém qualidade na visão, talvez seja preciso mesmo achar que tudo está turvo ou escuro, se a partir dessa convicção barata formos capazes de derrubar alguns dos cristais cravados na consciência. A resistência quixotesca, querendo ou não, produz novas coreografias (débeis aos olhos dos identificadores, bem-vindas aos olhos dos que apostam na decadência como o futuro promissor). Na fazenda aprendi a detectar e combater vários tipos de pragas, dessa forma garanto meus moinhos.

Dona Teresa bate na porta, é meio-dia e o almoço já está pronto há muito. André pede desculpas e avisa que vai se atrasar mais um pouco. Resolve então responder ao *e-mail* que Cuppo, um jornalista amigo seu dos tempos de redação, lhe passou.

> Não houve abandono da literatura. E por que querem extrair de mim mais do que eu tenho a dizer? Essa ideia de abandono é muito banal, medíocre, me faz pensar que as pessoas se sentem abandonadas e não a literatura. A esta carência dissimulada (que na verdade não significa nada além da simples curiosidade sobre as minhas particularidades) dedico um simples sorriso. Não me interesso por esse sujeito a que se referem "como aquele que abandonou a literatura", não sou esse homem contemporâneo das discussões eletrônicas. Prefiro compor comigo mesmo.

Após uma rápida leitura, André hesita, acaba apagando a mensagem e saindo para o almoço. Durante a refeição, tenta ser mais condescendente resgatando argumentos mais palatáveis para o grande público, lembra que encontrou na fazenda a necessidade elementar de contribuir para o que ele chama de "pró-criação", preparando a terra, controlando as pragas, vasculhando cada pedaço daquela atmosfera; suas mãos se exercitando com tamanha habilidade e intensidade, provocando reações imediatas. Resolve então aproveitar esse fio para redigir a resposta ao *e-mail*, depois do café.

> A vida é viva, é possível tocá-la num outro registro onde os protocolos não funcionam para intimidar, onde a gentileza avança rumo ao afeto escancarado. A natureza não é cínica, nem busca um grau de excelência, sua reflexão é de efeito imediato: serve ou não serve, sutil ou impetuoso, macio ou áspero, doce ou amargo ou, ainda, salgado, acre-doce e todos os sabores passíveis de combinações e sempre ao alcance das mãos e da boca.

Benedito começou a pensar na pesquisa sobre André N., quer propor ao editor que a matéria seja a pauta da edição especial de aniversário. Quer viajar até São Paulo, procurar arquivos, amigos e talvez a família. Porém, antes de ir para a redação, executa todas as tarefas pendentes com o mesmo empenho do menino sentado à mesa, de banho tomado, fazendo o dever de casa. Essa imagem já não é uma lembrança da infância, se transformou numa vinheta que se repete na memória cada vez que ele senta para matar todos os trabalhos mais áridos. O fato é que funciona.

Benedito chafurda em informações técnicas mais complexas e delas tenta extrair um pouco de simpatia, mas no fundo sempre olha para esse tipo de texto como quem escolhe um recipiente de comida congelada, sabe que por baixo de um título mais engraçado, de um gráfico mais *high-tec*, o gosto invariavelmente será o mesmo. Por tudo isso, a chance de vasculhar a vida de André N., de mostrar a verdadeira imagem desse autor tão avesso a entrevistas, será a oportunidade de mudar seu próprio repertório, cunhando um novo estilo autoral para a sua produção. De repente, esses pensamentos são suficientes para ele seguir em dois passos para o quarto, lá escolhe a roupa, já de acordo com esse breve futuro promissor. No chuveiro, começa a pensar na rotina de André N., será que está participando da semeadura, da colheita ou da ordenha? Depois, envergonhado de si mesmo, acha essas primeiras dúvidas muito ingênuas. Talvez seja assim que se imagina diante das atitudes e das histórias de André N. – um homem ingênuo. O espelho ainda embaçado serve para atenuar sua própria censura. Escova os dentes com o mesmo afinco dos deveres de casa.

Ao chegar no edifício da editora olha para a janela do prédio em frente, está fechada com tiras de papel pardo coladas no vidro. Onde estará o homem sem camisa? A reunião começa atrasada. Carlos é um editor de ego inflado, convencê-lo representa colocá-lo diante de uma oportunidade única, antes de mais nada de ganhar dinheiro, se bem que isso nunca seja explicitado (não soa bem esse discurso para um homem da cultura). Sua fala é sempre complementada pelo riso automático da equipe, menos Adriana que não é chegada a bajulações, mas também nunca vai além da produção do roteiro cultural. Quando ela propõe alguma pauta mais elaborada, ele sempre a descarta dando respostas do tipo: "Adriana, o tema me parece acadêmico demais, nossa revista atende a um público mais amplo; quem vai às bancas não procura os cânones, procura entretenimento, aliás quem hoje em dia se interessa pelos cânones?" Por isso a estratégia da polêmica. Benedito surpreende Carlos com uma defesa implacável:

– É a chance de se esgotar de uma vez por todas essa história do abandono da literatura. É preciso chegar a uma conclusão, dar uma resposta aos leitores de André N., saber da sua vida como produtor rural, se ainda mantém alguma ligação com o circuito literário e quem faz parte, hoje, do seu círculo de relações. Precisamos construir detalhadamente sua biografia, relembrando os lançamentos dos livros, a reação positiva da crítica, as traduções, a declaração na imprensa sobre a decisão de parar de escrever. Sobretudo responder às questões cruciais: por que parar de escrever no auge da carreira? O que leva um escritor a tal decisão?

Carlos se convenceu da qualidade dos argumentos:

– Seria quase uma biografia em vida, porém temos que tomar cuidado com o enfoque do texto, não podemos tratá-lo como um morto, esse é o perigo! Melhor: devemos esfolá-lo vivo! Desculpem, a imagem talvez não seja muito boa, mas quero dizer que é preciso arrancar dele esta aura enigmática e mostrar o que lateja, certo?

A imagem era péssima e contribuía fartamente para o somatório de frases de mau gosto, típicas do editor. Em contrapartida realmente corria-se o perigo de tratá-lo como um morto. Para Benedito havia um fundo de verdade naquela observação, e, porque não assumir, um medo concreto de se aproximar tanto do universo de André N.

A reunião terminou às cinco e meia, não houve dificuldade em aprovar a pauta para a capa. Restou a Benedito se entregar às ruas do centro numa tentativa de colocar os pensamentos em ordem. A essa hora o trânsito já começa a dar sinais da insatisfação dos motoristas desesperados para saírem rumo a suas casas, em qualquer outro ponto da cidade. Uma espécie de cólica intestinal despejando continuamente carros e mais carros pelas vias principais, com direito a uma quantidade cada vez mais estúpida de gases pesados. A imagem lhe causa risos, imaginar todos aqueles executivos ensimesmados diante do sinal vermelho, como pedacinhos de cocô. Todos os prédios expurgando um tipo de gente que, por incrível que pareça, tem orgulho do seu dinheiro e acha o centro do Rio uma merda.

Merda são vocês! Pensa em voz alta, enquanto faz um caminho de rato para atravessar a avenida engarrafada e buscar um refúgio fora da confusão.

Dentro do Villarino, já por volta das seis horas, escolhe uma mesa para ficar e, com muito orgulho, conclui que o centro é apenas para alguns. A bebida desce gelada e penetrante. Primeiro esgotar a pesquisa na Internet, segundo reunir a fortuna crítica do autor, depois levantar as teses nas universidades, colher depoimentos de críticos, professores de literatura, amigos e, finalmente, buscar as notícias dos jornais da época da declaração que marcou a decisão irrevogável de abandonar a literatura para se dedicar à vida no campo, mais precisamente ao plantio de milho.

Nesse momento Benedito se pergunta: por que a opção por um milharal? A dúvida parece idiota, mas, na verdade, todo começo é um grande mosaico de banalidades.

Capítulo 3

A vida na fazenda não promoveu nenhuma revolução, no máximo surpresas, pequenos acontecimentos que aqui e ali trouxeram a segurança de se estar no lugar certo, escolhido de acordo com os desejos mais íntimos; como a felicidade da chuva vindo pelas montanhas, lá por detrás dos morros mais distantes, onde o mundo poderia acabar, começar, não mais existir, num silêncio incomum.

A noite tem esse poder de esvaziamento. Aqui no meu quarto impera apenas a luz verde do relógio digital, minha porção secreta da pauliceia – São Paulo se resume hoje a esse relógio. A cidade está na cabeceira da minha cama, como uma imagem santa ou um *souvenir* barato, tão distante que já pode ser lembrada sem ressentimentos. Na memória o que fica é a metáfora plena: cidade-objeto.

Lugar que perdeu sua multiplicidade, encurtou os diálogos, impôs um ritmo brutalmente coercitivo, onde as ruas são apenas as vias por onde circula (ou engarrafa) a força produtiva, onde o tempo reflexivo escoou pelo ralo e tudo se sobrepôs sem profundidade de plano, achatando as nuances, as sutilezas e também a miséria. São Paulo se tornou uma metrópole vencida.

Será que não foi sempre assim? Quantos outros não estão caindo fora desse expresso, tomando a curva, o desvio que encurta o caminho de saída? Uma fuga não essencialmente para o aeroporto ou para a estrada, mas para um ponto qualquer da própria pele, do olhar esquizoide ou do autismo claudicante, provocados pela alta velocidade e pelo envelhecimento precoce por excesso de informação. A mim (um cara tímido o suficiente para encenar conversações) couberam alguns cacoetes urbanos e também uma certa promiscuidade.

A atitude de Cuppo, me convidando para uma roda de leituras seguida de um debate, é resultado da minha própria fraqueza ao ter respondido aquele *e-mail*. Afinal, a velha questão do público e do privado: um depoimento concedido (em nome da tal amizade) acabou se transformando num outro evento. O ser humano não falha, sempre haverá uma previsibilidade irritante nos gestos de todos nós. Envelhecemos e não nos damos conta do enrijecimento do corpo que lateja nosso mundinho numa vibração repetitiva, até que as mãos não toquem mais o solo e os olhos não alcancem a periferia dos ombros, evitando qualquer tipo de surpresa nas atitudes e no pensamento, um sufocamento geral. Ao contrário das quaresmeiras, a nossa última florada tende a ser feita de secreções menos sedutoras que se expelem na ausência total de expressão, como a espuma que sai da boca dos afogados. Por isso, Cuppo me cerca querendo cobrir meu corpo com flores civilizadas e encher meus pulmões com seu ar viciado. E se de repente o defunto levantar e desarrumar tudo com a própria presença?

O desconforto acabou tomando conta da cama. André foi para a sala e começou a pensar melhor nas ideias de Cristóvão para lidar com a longa estiagem no milharal e na conversa que precisaria ter com o veterinário sobre fazer ou não um plano de prevenção à febre aftosa. No escritório ligou o computador e acessou um site de previsão do tempo: continuará seco na região, sem perspectiva de chuvas.

Amanhã, Cuppo vai receber o *e-mail* com minha recusa formal ao convite. Vou passar os próximos dias estudando as alternativas para cuidar da terra ou pensando nos bois, companheiros que não dissimulam interesses e são meus; dependem das minhas decisões para experimentarem o futuro imediato. Os bois são criaturas sedutoras, estão sempre presentes com o silêncio que vem de longe, com o cheiro orgânico que perfuma o campo. Diferente do cão que sobreviveu à bicheira numa espécie de reencarnação irritante, me concedem o lugar de arauto do destino e eu admito que não resisto à alegria perversa dos semideuses; sorvendo a doce magia de estender ou encurtar a linha da vida que os mantém sob as rédeas das minhas economias mais ordinárias. O abate nesses casos tem a precisão das Leis escritas no Livro e me reconheço como o Escritor.

Por um instante André compara os bois a personagens, tenta reavivar a lembrança dos seus protagonistas, depois abandona mentalmente a figura de cada um para se deter na ideia de um personagem abstrato. Uma força construtora de enredos nos desertos das páginas, presença sujeita a uma série de intempéries, capaz de sofrer mudanças até mesmo à revelia dos seus planos.

Sou um Deus não absoluto, semideus no sentido mais óbvio do que significa meio, metade, quase, um tanto, por isso me arranho e sangro, minhas indignações não são lavadas com grandes tempestades, podem estar no silêncio, num choro sem lágrimas ou num gozo automático (quase humano). No meu coração cabem muitos personagens porque cabe muita dor.

A página branca, como o campo, também opera mudanças; na sua ausência de música, oferece uma imagem plena de luz. Nela não é possível experimentar qualquer tipo de tranquilidade, é preciso parir estratégias, cavar, penetrar além da superfície ofuscante (que inibe a intuição); sem cerimônia, é preciso desmitificar a si mesmo, desmascarar-se antes de qualquer palavra escrita, romper com os acordos internos, com as conclusões, com os vícios do olhar, com a possível capacidade de reconhecer-se na ira. Evitar o teatro da autocomiseração, para eliminar qualquer nível de drama, inclusive o da demolição dos próprios pilares morais; provocar um rasgo no próprio nome. Uma traição sem concessões, percebendo que não há ajuda, nem zonas confidenciais. Estar realmente só (inclusive sem o próprio discurso) e, dessa forma, estar presente apenas e totalmente na intensidade. Potência capaz de liquefazer o branco, tornando-o opaco, o ponto de fuga, o que já não cabe na fala, o que se constitui à revelia num movimento involuntário, tal qual a nossa parte viva, fora do nosso controle – algo como tocar o coração.

A terra também pulsa, reage aos estímulos, rejeita intervenções. Oferece com toda simplicidade a beleza de seus ciclos, de seus frutos, nunca de forma linear. Suas mutações, às vezes imprevisíveis, nos dão a chance de reaprendermos a relativizar as coisas, de nos lembrarmos de que somos oscilantes e de que temos direito a isso. A terra, o campo – diferente do urbano midiatizado, determinador de modelos – permite que convivamos com esse certo descontrole, numa espécie de liberdade sem ideais.

Tantos pensamentos, àquela hora da madrugada, provocaram uma movimentação interna em André. O sítio, mesmo estando numas das entradas de São Gabriel, muito mais próximo da pequena área urbanizada do que a fazenda, à noite parecia um lugar sem referências. O breu da janela, o silêncio absoluto, a casa que não acumula memórias, a total ausência de decoração contribuindo ainda mais para esse vazio espesso.

Agora, o mundo poderia ter seus limites ali, naquela janela, ou no seu próprio olhar refletido no vidro gelado. De repente André surpreendeu-se com sua imagem desfocada, uma lembrança; o retrato de um homem sentado à mesa, sem desesperos aparentes, sem sono. Parecia uma figura distante ou o tal personagem: o escritor que abandonou a literatura e foi abandonado pelo mundo, o homem que disse não numa época em que os homens não renunciam mais.

Será que no fundo, lá no fundinho, eu gostaria de responder a quem se pergunta: que fim levou? Dizer: olha, se quiser posso lhe explicar por que a literatura, para mim, na ordem geral das coisas, não passa de uma coisinha; que meu milharal tem textura e também é bonito, diferente das palavras encerradas, nele o vento ondula, espalha barulho. E tem mais: você pode pegar e sentir o sabor. Não depende de um esforço, é sensorial por natureza, pode comê-lo ou enfiá-lo no rabo, independente da autoria.

Foi tudo muito rápido: a arma retirada da gaveta da mesa, o tiro, o olhar inalterado diante dos empregados atônitos chegando do sono à sala, sem saber se corriam para fora atrás de não sei o quê ou se examinavam melhor a situação do patrão.

André tratou de acalmar D. Teresa e explicar que tinha visto, através da vidraça, uma figura estranha com quem, na dúvida, resolveu fazer um acerto de contas. Sentado à mesa, já tomava o café diante da janela sem vidro e da alvorada sem reflexo.

"Frota dá posse a Dilermando e faz elogio a Ednardo"
"O Ministro do Exército General Silvio Frota, e o novo Comandante do II Exército General Dilermando Gomes Monteiro, elogiaram, ontem, a atuação militar do General Ednardo d'Ávila Melo, durante a cerimônia de transmissão do Comando realizada às 10h, na Praça Mário Kozel Filho.
"Tenham a certeza de que tanto eu quanto os senhores, como brasileiros que somos, como homens que servem ao Estado de São Paulo, esteio de nosso desenvolvimento, compreendemos que com subversão, com corrupção e outras coisas dessa natureza não se faz progresso – disse mais tarde aos jornalistas o General Dilermando Monteiro.
"Acrescentou não acreditar que alguém possa pensar em subversão por querer pensar em subversão. É um fato que necessariamente precisa ser corrigido. E eu estarei aqui pronto a combater a subversão e a corrupção sempre que elas se apresentem." (*Jornal do Brasil* 24.01.1976)
"Torloni, a 'mulher do ano', em álbum"
"Dezenas de comícios, mil horas de voo, duzentos capítulos de 'Partido Alto', seis meses de palco com 'Tio Vânia' e um casamento desfeito e refeito. Se 1984 não tiver sido o ano de Christiane Torloni, nenhum outro será. Por esses

e outros motivos, ela foi escolhida pela revista 'Playboy' como 'a mulher do ano' e estrela um álbum de cem páginas com esse título (Cr$ 7.000 nas bancas, em brochura; Cr$ 8.500 nas livrarias, capa dura), a ser lançado dia 20, provavelmente no Gallery. Oba-Oba é pouco. Trata-se de uma apoteose." (*Folha de S. Paulo* 1.12.1984)

Benedito, se pudesse, levaria aquele acervo com notícias de todos os gêneros para casa. A pesquisa na Biblioteca Nacional só não é mais excitante pelo excesso de burocracia: uma data por vez, transcrição do texto somente a lápis, pedidos de cópias nos dias úteis, de 11:00 às 16:00h, com prazo de 10 a 15 dias úteis para a entrega. Nem todo acervo está microfilmado, grande parte ainda em originais, sendo que a cada solicitação espera-se um bom tempo para ser atendido por um rapaz com ar de tédio estampado na testa. Seu serviço é realmente exaustivo: passar uma boa quantidade de horas do dia indo e vindo procurando números, procurando alguma coisa que não é para si mesmo.

Com um roteiro de datas bem planejado, a partir de uma revista que dedicou um número especial a André N., Benedito tenta se situar no tempo, entre o lançamento do primeiro livro e a declaração do abandono da literatura, feita dez anos depois. Nesse período o regime militar conduziu a ditadura no Brasil. Mas o que isso importa? Como os fatos históricos podem se relacionar com as atitudes e os pensamentos de André? As notícias amarelaram, não sustentam a reflexão sobre uma atitude que sempre pareceu estritamente pessoal, desvinculada de um comprometimento maior com a cena política.

Os anúncios surpreendem pela visão que oferecem da corrida tecnológica: são radiogravadores, toca-discos, peças que atualmente só podem ser encontradas em brechós. Em vinte anos somos outra sociedade, mas somos, paradoxalmente, a mesma sociedade. As chamadas dos vários jornais apontam para um círculo vicioso: crises econômicas, ameaças de conflitos, disputa de terras, a moda do inverno, a nova musa do carnaval, o novo pacote econômico. Os fatos num rodízio acelerado e nós, porque não admitirmos, cada vez mais viciados nesse jogo.

O poder da informação é o que me espanta, verdades fabricadas pela repetição diária da mesma notícia em diferentes versões. Ficamos anestesiados com o show dessa comunicação engordurada que mistura velocidade e frases de efeito. Uma droga barata reproduzindo, numa frequência frenética, a sensação de que dominamos as regras da aldeia global com a nossa inteligência ampliada.

Preciso me concentrar, o que me interessa é a fortuna crítica de André. Tenho que encarar a questão de que o abandono da literatura também é um fato, que se diferencia de outros episódios de abandono porque o objeto abandonado restitui de alguma maneira a presença do autor.

Olhando para a grande janela da Biblioteca, enquanto aguarda mais um lote de jornal, Benedito conclui: todo dia alguém sai para comprar cigarros e não volta mais, alguma criança recém-nascida é deixada na lixeira de uma cidade grande, um padre larga a batina, são vários os desvios e os desviados. Mas quantos abandonam a literatura?

Seus olhos percorrem uma série de artigos, críticas, depoimentos, citações, em que a boa receptividade é uma constante. Dado o ritmo lento imposto pelo ritual burocrático da Biblioteca, onde cada texto é precedido de uma longa espera, sobra tempo suficiente para refletir sobre o texto anterior e renovar a concentração para as boas novas trazidas pelo mesmo rapaz rastejante.

Benedito, à medida que foi retornando para novas pesquisas, acabou se familiarizando com o esquema. O teatro da burocracia o obriga a submeter-se a uma revista, a cada entrada ou saída do setor de periódicos. O que num primeiro momento trouxe desconforto, aos poucos se tornou sinônimo de intimidade com o lugar. Quando começou sua incursão naquele salão nunca deixava o guarda manipular seu material (a revista era feita com os pertences em suas mãos, sempre com um ar muito sério e pouco amistoso), porém a necessidade de pesquisar e algumas boas descobertas serviram para amenizar esse estranhamento, com direito até a um simpático "bom dia" na hora da chegada.

No acervo da Biblioteca encontrei opiniões de intelectuais e jornalistas deslumbrados, um conjunto que no seu ecletismo não deixa de confirmar uma certa unanimidade, como se a figura de André tivesse trazido um alívio à cena literária dos anos 70, algo do tipo: "bom, voltamos a falar de literatura, de boa literatura!". Esses textos elogiosos não se comprometem com as questões que envolveram a polêmica atitude de André, representam, na maior parte, a recepção a sua obra, as particularidades do seu estilo.

Quero avaliar melhor as notícias dispersas, detalhes que escaparam ao texto-chavão que circula em quase todos os resumos sobre a obra e a vida de André. "André N. é paulista de Pindorama, onde passou a infância. Adolescente, veio com a família para São Paulo, onde cursou direito e filosofia na USP. Exerceu diversas atividades, estreando na literatura em 1975. Apesar do êxito incomum que seus dois livros alcançaram, André N. abandonou a literatura." Esse texto, parece uma espécie de epitáfio. Qual seria a outra versão possível para esse resumo?

Entre o quarteirão da Biblioteca Nacional e o Largo da Carioca não existia nenhum café, nenhum lugar atraente para dar uma parada estratégica antes da reunião A recepcionista da empresa foi a responsável pela mudança de pensamentos, seu sorriso enigmático, acompanhado de um olhar falsamente recatado, serviu para provocar um corte instantâneo nas preocupações de Benedito com André N. Não era a primeira vez que ele a via, mas, diante do seu estado de inquietação, fitá-la como se nunca a tivesse visto foi uma boa surpresa. O que Benedito acha interessante na menina é que ela sabe dissimular, inspira uma certa inocência sem jamais fazer o gênero sexo frágil em apuros ou que conta tudo para a melhor amiga, sabe abrir uma lata de cerveja e sempre tem um par de camisinhas na bolsa. É disso que se trata, pensou Benedito: ela é ativa, nada mais excitante. Os minutos de delírio erótico se encerraram com o aperto de mão do gerente de marketing e com o café já na sala de reunião.

Mais um trabalho ordinário com prazo apertado, porém o dinheiro é irrecusável e vai servir para eu complementar a pesquisa com uma viagem a São Paulo (que na opinião do Carlos não é fundamental, com o uso da Internet). Melhor trabalhar bem e rápido para me liberar o mais cedo possível, desviando a flecha do tempo e voltando para o setor de periódicos, os anos 1970, quando André N. era um escritor promissor.

O vidro fora reposto. André se recuperou de uma crise alérgica dessas que tornam a vida meio turva entre um nariz com uma coriza insistente e olhos lacrimejantes, um choro passivo, um inchaço úmido naquele clima seco. Três dias, três noites, se passaram e os cacos da vidraça estilhaçada ainda cortavam a rotina, pelo menos foi essa a conclusão a que André chegou depois do episódio e também foi essa mesma conclusão que ele abandonou, no seu desinteresse por conclusões.

Não há decisão que não passe pela assembleia do corpo. A insônia que já dura três dias restaurou o clima daqueles meses tensos de 1985, quando o que saía da minha cabeça alimentava um contato intenso com as outras partes, porque a princípio tudo estava caótico: coração, intestinos, glândulas salivares. Impossível reviver aquelas alterações através da memória. Mas, também, impossível é negar as semelhanças dos momentos e o enfraquecimento de qualquer discurso convincente para mim mesmo. Estou sentindo a mesma oscilação de energia, o mesmo cansaço para lidar com o inevitável estranhamento do mundo.

Não houve uma atitude formal, uma data marcada e anunciada, no máximo os fatos se remetiam à famosa entrevista que eu dei a uma revista de circulação nacional, quando, pela primeira vez, creio, eu tenha anunciado a impossibilidade de novas investidas no terreno da literatura. O "creio" fica por conta do desejo de parar ter se instalado muito antes daquele encontro com o jornalista. Não sei ao certo, entretanto, se foi a primeira vez que declarei com tanta veemência a decisão de parar de escrever, não sei se a marca dessa entrevista está nas minhas palavras ou na grande penetração que a revista tem no país, entre os famosos "formadores de opinião", que quase sempre moram no mesmo condomínio.

São lembranças fora de contexto, desatualizadas, mas que cristalizaram a ideia de abandono tão aflitiva aos curiosos. Pois a eles eu preciso dizer: eu abandonei a fuga, não estou condenado a uma sequência de perseguição num filme policial. Não há como congelar essa imagem e esses depoimentos. Não são o melhor da minha vida pessoal e nada tem a ver com meus livros.

Aqui, na fazenda, não são atribuídos a mim esses episódios, os empregados têm outras preocupações e as especulações se dão dentro de uma ética que preserva as particularidades, como só no interior do país se entende. Estamos todos no melhor da *off-broadway*, nossas vidas, nossas esquisitices, mais ou menos aparentes, pertencem a cada um de nós e não rendem mídia, espetáculo, no máximo compaixão, piedade; sentimentos medíocres porém coerentes com a fé ignorante. Inconcebível é ter de, sistematicamente, responder à curiosidade quanto às minhas opções, justificar esse "abandono" – mesmo que ninguém sofra diretamente com isso, porque larguei foi a literatura. Não me surpreenderia receber a notícia da criação de um site para os leitores abandonados por André N.

Essa mitologia não faz parte das minhas histórias, a um escritor não interessa a vida fora da sua ficção. Não vou contribuir para sustentar uma curiosidade leviana que transforma tudo num brilho, inversamente permanente e fugaz, capaz de iluminar a festa e ofuscar o olhar.

Não sou um autorretrato, sou o antirretrato, e não quero que velem minha imagem ou que se desculpem pela minha indisponibilidade, como se faz com um produto que está em falta na gôndola do supermercado. Aliás, ao contrário disso, sempre me empenhei nas reimpressões dos livros. Se é fundamental ir a São Paulo, vou lá e reafirmo essas convicções. Vou para ficar em paz!

Cristóvão não questionou a decisão do patrão de viajar para São Paulo. Seu ar compenetrado, sua postura de jovem-senhor-pai-de-família inspirava respeito em André, que, por um instante, ficou pensando na vida de Cristóvão, nas suas pretensões, na sua moral embutida naquele olhar.

Lidar com as expectativas dos empregados, com a responsabilidade de sustentar várias famílias, trouxe para André um vigor. A fazenda, além de estabilizar suas emoções, detinha esta característica: um lugar que reunia pessoas envolvidas no seu trabalho. Para Cristóvão a ida do patrão a São Paulo representa um gesto de confiança, de deixar a fazenda em suas mãos num momento delicado na administração da safra, mas também denuncia a sua impossibilidade de entender as prioridades de André e de poder participar das decisões sobre o que fazer.

Ângela, a mulher de Cristóvão, me serve o café e no seu jeito de mexer a cabeça é nítida a vontade de opinar. Mal sabe que para mim ela também participa da conversa. Diante da solidez de Cristóvão, ela me parece mais vulnerável aos acontecimentos, uma espécie de coro grego encarnado numa só mulher. Capaz de na coreografia dos olhos, na velocidade das mãos, determinar o nível de tensão da conversa e o quanto isso a afeta ou afeta a fazenda. Eu poderia aumentar as notícias, exagerar nas previsões, só para experimentar a reação dela.

Não há tanta diferença entre o registro de Ângela e o comportamento de Cuppo. Ele lembra muito mais essa mulher do que eu gostaria que lembrasse. No fundo a incapacidade de Cuppo em antever as coisas, exprimir uma opinião própria num discurso que não se decalque no fácil consumo de ideias, está muito próxima da vitrine de sensações que se reflete em Ângela, para quem nada importa mas tudo importa; o tom de quem se sustenta no tal brilho permanente e fugaz.

Em São Paulo, não vou perder meu tempo explicando que não há uma versão definitiva para a vida. Se os intelectuais estão inconformados com a minha falta de respostas, se eles, que se autointitulam "autoridades em literatura", ficam tão contrariados com a minha falta de saco para o blá-blá-blá dos que vomitam teoria (como se estivessem exibindo roupas numa passarela), por que exigir de Cuppo entendimento? Ele é um homem comum no seu papel, mimetizando sensações, costumes e julgamentos de valor; como uma bordadeira malsucedida cujo medo de espetar a mão é maior do que o prazer de tramar o ponto. Ele vai se saciar não com o que eu tenha a dizer, mas pelo simples fato de eu ir.

"Cuppo, avaliei que a minha presença no evento poderia ser uma grata surpresa para mim mesmo. Espero que o convite esteja de pé, aguardo seu retorno.
Abraço,
André N."

Como se ensaiasse um encontro com André N., Benedito entra numa livraria a procura dos dois livros. Seu olhar percorre a vitrine de lançamentos, depois se volta para os títulos dispostos num balcão.

– Posso ajudá-lo? Você procura por algo em especial?
– Não, obrigado. Estou só namorando os livros...
– Fique à vontade!

Onde estaria André N.? Quem procura por André e suas histórias? Seus livros me foram apresentados por um colega jornalista, há um bom tempo atrás. Jamais achei que aquele cara pudesse me passar uma boa indicação, minha implicância com o perfume dele não me permitia pensar em outra coisa a não ser em me livrar da conversa e da presença do sujeito, mas ele era insistente e despreocupado ou, simplesmente, cagava para o meu nariz torcido. Pensa, enquanto filma o movimento da loja.

Será que esse cara, com esse terno preto, leu algum livro do André? O que ele está folheando? Não! Quem lê sobre inteligência emocional não pode gostar daquele tipo de literatura...

E esse outro com pinta de *yuppie*? Consome o quê? Livros sobre vinho, publicidade ou *design*? Olha! Ele pegou o *Livro do Desassossego*, não pode ser! Será que esse veado é professor? Não, deve ser psicanalista, mas se for já deveria ter lido esse livro. Quem lê Pessoa nesse quintalzinho do Rio de Janeiro? Quem lê o quê? Quem lê André N.?

Bom, eu mesmo só li por insistência do tal amigo com perfume de gente carente. A despeito da referência, André

N. me surpreendeu pelo vigor na escrita, pela passionalidade e pelo erotismo. Isso! O que registrei é a estranheza de um erotismo bastante viril, algo que não sei explicar muito bem... uma atitude diante dos sentimentos que foge ao que, hoje, serve de referência ao padrão masculino. O estereótipo do homem-feminino que faz os trabalhos domésticos, inverte os papéis na criação dos filhos ou assume outra opção sexual sem traumas e totalmente convicto – desde que tudo esteja inserido num padrão de consumo, obviamente. Naquela escrita percebi, muito diferente desses clichês, a masculinidade na firmeza da mão que abre brechas para a emoção livre e profunda, sem consciências totalizadoras, apostando nas verdades vacilantes.

Entretanto, não tenho condições de ficar especulando sobre para onde os textos remetiam (o esquecimento é capaz de sumir com a harmonia das ideias), preciso reler os livros, talvez me distanciar da fortuna crítica e voltar para a condição mais tranquila de leitor. Tranquilidade? Do que estou falando? Como encarar qualquer dessas empreitadas com tranquilidade? Seja encontrar André N., decifrar as críticas e, principalmente, fazer a matéria. A defesa de um argumento para a reclusão dele não me parece válida se for calcada numa cobertura pífia, retirada de constatações instantâneas, tipo notas de um leitor apaixonado + comportamento e estilo:

"Tivemos a oportunidade de encontrar com André N., 'o escritor que, apesar do êxito incomum que seus dois livros alcançaram, abandonou a literatura'. Ainda nesta matéria: a vida no campo, a biblioteca secreta, as anotações no livro-caixa da sede da fazenda, uma coletânea de bilhetes escritos para os empregados e tudo que pudemos reunir sobre a nova produção do escritor que 'apesar do êxito incomum que seus dois livros alcançaram, abandonou a literatura'. (o que come, o que bebe, o que dorme), conheça ainda: a opinião de críticos e os estudos culturais desenvolvidos por um pesquisador a partir do tema: A *escrita periférica do escritor que optou pelo silêncio, mas que a mídia não calou.*"

Tranquilidade, parece piada de mau gosto. Devo estar me sabotando. E se o cara for um incrédulo, não apenas em relação à literatura, mas em relação ao outro? Não importa, buscarei de alguma forma espaço para expor o que identifiquei como um tipo de figura masculina que ele compõe nos livros e que não bate com o espelho do homem contemporâneo. André sola diferente, como Hendrix, e o que dá pauta é o fato do seu som estar desassociado da imagem. A mídia quer sua imagem, nem tanto pela sua literatura, talvez pela sua indisponibilidade.

O convite de Carlos para aquele almoço às pressas era sinal de confusão à vista. Benedito entra no restaurante sem notar a presença do editor. Quando percebe aquele aceno espalhafatoso se resigna e se dirige para a mesa.

– Desculpe o jeito apressado, o assunto é importante. Teremos que mudar a pauta da matéria de capa da próxima edição. Sei que isso é grave porque você já está trabalhando no André N., porém soube de fonte seguríssima que ele vai voltar a publicar. Não podemos correr esse risco e, além do mais, conversando com um dos conselheiros, cheguei à conclusão de que é melhor fazermos um panorama dos anos 90 na literatura contemporânea, afinal a revista se tornou uma referência justamente nesse período.

Benedito não demonstrou alteração, parecia mesmo que tudo aquilo era um *déjà vu* e Carlos, sem decepcioná-lo, apenas confirmava sua marcação e sua fala, tal qual numa comédia de costumes.

– Carlos, um panorama da geração 90? Se for para falar de geração é melhor partir para a geração 2000, descobrir e divulgar o que vai ser a tendência. Não falar sobre o que já está confirmado, aceito pelo mercado.

– Não podemos correr o risco de abrir espaço para quem ainda não conquistou reconhecimento. Entendo que você queira privilegiar a novidade, mas ainda há muita novidade na geração 90.

– Em primeiro lugar, quero esclarecer, quem quer falar sobre geração é você. Eu quero, cada vez mais, discutir a relação entre sujeito e escrita, entre autor e obra, através da figura de André N. Acredito mesmo que temos a chance de, com essa matéria, esgotar de vez esse mistério que ronda o escritor e ir além, abordando assuntos importantes para a produção literária contemporânea.

– Benedito, eu sei que você está envolvidíssimo... pensa com calma, poderemos investir nas tendências, dar voz inclusive a quem já é sucesso no exterior e que, aqui, os leitores brasileiros não conhecem. Criar dessa forma um parâmetro, uma referência de indicações. Prestar um serviço ao leitor, entende? Com relação ao André N., querendo ou não estaríamos na verdade abrindo espaço para a promoção da editora que o publica. Muitos estão convencidos de que toda essa história não passa de uma estratégia de marketing.

Deu um gole no chope, chupou a espuma excedente com a própria boca e repetiu:

— Es-tra-té-gia de mar-ke-ting!

Benedito olhou para aquele homem como se estivesse examinando detalhadamente um inseto. Sua camisa bem passada não escondia a roda de suor nas axilas, seu jeito deselegante de chamar o garçom (como se estivesse na arquibancada de um estádio de futebol), tudo era muito medíocre. Afinal, não será Carlos o próprio perfil do leitor da revista?

Não posso adivinhar!

Respondeu a si mesmo em voz alta.

Não pode adivinhar o quê?

— Se é tudo estratégia de marketing... Acho essa opinião míope, até porque o que hoje dispensa a estratégia de marketing, a geração 90?

— Então chegamos a um denominador comum! Estratégia por estratégia, a da revista está, digamos assim... mais alinhada com a oportunidade de confirmar os nomes da nova geração do que com a de promover a excentricidade de André N. O que me diz dele ter aceito um convite para participar de uma roda de leitura, seguida de um debate, num centro cultural em São Paulo, sabia disso?

– Não, como soube?

– Pois é... tenho um amigo que está participando da organização do evento e que me ligou ontem à noite contando que, após ter recusado, André N. mandou um *e-mail* concordando em participar. Se ele realmente não se interessasse mais por literatura, se estivesse totalmente dedicado à produção rural, aceitaria?

– Você não acha que essa é justamente uma boa questão para ser explorada na matéria?

– Benedito, acho que André N. sempre vai ser notícia, principalmente por que essa dúvida sobre suas convicções vai estar sempre no ar. Ele quer assim. Não seja ingênuo, ele não merece tanto destaque para ocupar a capa da edição de aniversário! É só ler alguma coisa da fortuna crítica para perceber, na fala dele, esse jogo cheio de artifícios e frases de efeito. Eu pensei muito... também fiquei seduzido pela ideia num primeiro instante, mas depois analisei e cheguei a essa outra pauta com maior convicção, entende? Divide comigo um filé à Oswaldo Aranha?

– Como quiser! Como quiser Carlos, acho que você já veio para essa conversa convencido da sua decisão. Você sabe que pode contar comigo para cobrir a nova pauta. Acho que caberia sim uma abordagem mais criativa e profunda do que levou André N. a abandonar a literatura, não para obtermos uma resposta, mas para promovermos uma discussão sobre a relação do escritor com o espaço literário.

– Benedito, acredito mesmo que um trabalho de fôlego sobre André N. até daria uma bela tese, por que você não tenta? Eu sei que está empenhado, que terá material suficiente para uma bela pesquisa. Já a criação de um painel de novos escritores só se legitima na mídia e quero sair na frente.

Benedito olhou para Carlos e não disfarçou a indignação diante de tanta vaidade. "Sair na frente..." um idiota, pensou. A despedida foi o anticlímax com direito a declaração de amor e um beijo "no melhor repórter da editora". Se livrou dele e perdeu totalmente a pressa. Na Lapa fazia muito calor, melhor seria parar num abrigo e tentar entender o que estava acontecendo.

O ar-condicionado da agência bancária serviu para literalmente esfriar os ânimos, até porque, ao olhar o saldo da conta, Benedito constatou a impossibilidade de romper com a geração 90, com Carlos e sua visão editorial repleta de obviedades. A ida à Biblioteca Nacional foi substituída por uma caminhada até os sebos da Praça Tiradentes.

Como não tentar uma entrevista com André N. no evento em São Paulo? Abandonar a pesquisa só porque a ideia não interessa mais a Carlos? Se quero realmente me afirmar como jornalista, com uma pretensa sofisticação literária, preciso ter a audácia de bancar a pesquisa e a produção da matéria, até para poder provar a mim mesmo que é preciso assumir não só um estilo, mas também uma atitude política diante das divergências (por mais que tudo tenha o seu preço).

Um longo *e-mail* a Carlos reafirmou o compromisso com a produção do panorama sobre a geração 90 e comunicou categoricamente a necessidade de continuar, de forma autônoma, o trabalho sobre André N. Benedito separou os livros de André e resolveu relê-los de uma tacada só. De repente, por intuição, se deu conta de que talvez estivesse, agora, recomeçando pela via certa: o texto.

Capítulo 4

Os morros ficaram para trás, sumiram pelo espelho retrovisor do carro, como de resto todas as imagens apagadas pelo breu total. Chegar a São Paulo de madrugada, sorrateiramente, com a delicadeza de um sonho: ruas desertas, semáforos trabalhando pateticamente para ninguém, uma população inteira dormindo nas ruas, que lugar é esse? O barulho do motor é a única companhia, o único elo de transição. Chegar aonde?

Saiu apenas com a roupa do corpo, não possui mala ou qualquer outro acessório que permita rotular aquela situação como uma viagem. Serão 24 horas numa espécie de maratona: de manhã, encontro com Cuppo; à tarde, almoço com o editor e encontro com o agrônomo; à noite, o evento no centro cultural, depois quatro horas de estrada andando bem e sem parar. Repete esse roteiro para fixar o tempo de permanência (andando bem e sem parar), é preciso se concentrar para não se esquecer ou relaxar. Manhã, tarde e noite. Reaprender essa subdivisão urbana, o mapa capaz de controlar a duração das coisas para que nada extrapole ou aconteça inadvertidamente. O relógio marca ainda duas horas da madrugada no velho centro da cidade. O frio força a parada no bar. Pede um conhaque e passa a fitar as pessoas a sua volta.

Às duas horas da manhã tudo tem esse ar definitivo, mas a experiência prova que não. Quem frequenta as horas do sono em plena vigília abre mão da obviedade das coisas, perde a literariedade para ganhar outras intensidades. André olha para o fundo do copo como se procurasse algo, seu pulmão trabalha sofregamente numa espécie de readaptação à atmosfera local. É isso... nesse copo o suor febril de São Paulo. As doses seguintes o levam para uma órbita, uma frequência absurda, na qual é possível o desmembramento de cada ruído que desafia a cidade adormecida no seu silêncio barulhento.

Ser coerente com o que digo seria não pisar mais aqui? Não retornar? Vim, sem esperança ou resignação, sem ter decidido voltar a escrever ou publicar, evitando qualquer expectativa de um novo projeto. Não há surpresas. Sempre amei a literatura, nunca ninguém, sempre a literatura; a todos que me rodeavam submeti à tirania desse amor, a vida não me dava outro sentido, outra possibilidade de experimentar. Por isso estar, aqui, sozinho, não chega a ser uma espécie de castigo. Não desejei nenhuma comunhão de bens, não vim em busca de um inventário, vim em busca desse barulho. Ri e bebe mais um pouco. Do meu barulho.

 Entra no banheiro e é surpreendido por um vulto atrás da porta. A luz é apagada. André tenta alcançar primeiro o interruptor, depois a maçaneta, mas antes que isso aconteça sente seu pau sendo acariciado e ouve um sussurro rápido do mesmo corpo que o empurra contra a parede. Um hálito morno de álcool invade seu rosto e anuncia que está tudo bem, pede calma com uma pronúncia tão melódica como a voz da mãe que embala a criança. André fica imobilizado pela palavra, pela sua repetição sistemática, no tempo e no tom certo, maestria que faz o contraponto ao ritmo louco das mãos no seu sexo. Em dois tempos: a presença junto ao seu rosto desaparece, alargando o horizonte na escuridão dos ladrilhos, e a boca, agora, suga suas veias enfraquecendo seus joelhos na hora do esporro. Um gozo cego, anônimo, sem troca de identidade. André se apoia na superfície fria do espelho que na ausência de luz mantém o silêncio e a sombra daquela cena. Larga uma nota e sai trôpego pelo estreito corredor que o devolve para o bar. Repete o vacilo dos joelhos e tropeça numa mesa vazia no meio do salão. Ampara-se abrindo os braços e fixando as mãos nas bordas da mesa. Seu riso não é amistoso, reflete uma alegria metálica que tenta dar conta do inesperado. Por que experimentar tudo aquilo? Seria um novo jeito de fazer literatura? Pensa, incorporando à própria dúvida uma espécie de teatro do absurdo.

– Mais uma dose por favor! Esse dia terá manhã, tarde e noite, mas só esse! Tá me ouvindo? Te digo mais: essa região aqui é de segurança máxima e fique tranquilo, o verdadeiro artista é você!

O quarto do hotel, no vigésimo andar, é de uma obviedade insuspeita. André pega a garrafa de uísque, ajeita uma poltrona na varanda do apartamento e se instala decidido a velar pela madrugada fria do vale do Anhangabaú. Grandiosa, ela parece pouco convidativa, porém não se trata de um convite, talvez de um jogo de resistência. São Paulo amanhece.

O concreto vibra no seu rosto, como se tivesse acordado primeiro. Um motor de ônibus abafa o som do telefone que cresce insistentemente. André faz um esforço para abrir os olhos, mas a claridade excessiva impede o êxito de suas tentativas, experimenta uma sensação quase débil de não querer se responsabilizar por nada, como se fosse possível estar ali por engano ou por desconhecimento de causa. A coluna parece partida em duas e nessa constatação seus olhos se abrem totalmente, desobedecendo à sua própria resistência. Manhã, tarde e noite, pensa. Deitado no chão da varanda, enrolado no cobertor e molhado por uma goteira do ar-refrigerado do quarto de cima, ele tenta auscultar a cidade. Esquece as chamadas do telefone, se liberta da manta úmida e olha o horizonte de prédios. Sua cabeça sucumbe ao barulho de uma serra elétrica que trabalha em algum ponto bem próximo; parece uma carpideira pronta a revelar sua sentença de morte, como se o tempo restante estivesse todo concentrado naquele espaço, naquele piso ordinário de uma varanda de hotel.

André! André! O que aconteceu?

A voz de Cuppo anuncia a verdadeira chegada à cidade. Ajudado pelo jornalista, se levanta e vomita sobre o parapeito da varanda. Seus espasmos projetam o corpo e por um instante acompanha a placa de vômito invadindo a cidade na velocidade da queda.

Depois do banho vê, de relance, o próprio rosto no espelho. Chega sorrindo até a sala, onde o jornalista de terno preto, ansioso, o espera com um comprimido e uma taça de água na mão.

– Tome! O que aconteceu com você? Soube que entrou no hotel totalmente embriagado, altas horas da madrugada. Onde esteve, bebeu com alguém, te ofereceram bebida? Tentei te chamar primeiro pelo telefone, depois pela campainha, até que resolvi pedir ajuda na recepção. Por que tudo isso?

– Nada que prejudique nosso compromisso, juro! Que horas são? Manhã, tarde ou noite? (Pergunta e responde rindo) Bom, no meu relógio quinze para o meio-dia, posso desmarcar o almoço, que no estado em que estou seria mesmo uma piada, e adiar o compromisso da tarde para amanhã. Se bem que... pretendia retornar ainda hoje.

– Ainda hoje, André? Nem pensar! Nem se você estivesse bem! Depois de tanto tempo sem nos encontrarmos... e nessas condições, você não aguentaria dirigir.

– Cuppo, não se preocupe tanto assim comigo, eu sei que estaremos juntos na hora desejada, mas não precisa justificar seu desejo com tanta solicitude.

– Olha, vamos deixar essa discussão para depois, precisamos é que você se restabeleça... onde está sua mala?

– Eu não trouxe mala, pretendia voltar hoje mesmo...

O olhar de Cuppo possui uma gravidade concentrada.

– Ok, André! Não se preocupe, estou indo. Prefiro voltar daqui a algumas horas, quando você estiver descansado.

André tentou dormir um pouco, porém já não era mais possível. Cancelou o almoço e o encontro com o engenheiro agrônomo sem dar grandes explicações. Ficou tudo para o dia fora do dia programado, em São Paulo. Um grande improviso, pois não há mais nenhum vínculo com a cidade. Nela, ele pode deslizar pela superfície sem qualquer verniz de hipocrisia.

Cuppo reaparece trazendo duas mudas de roupa. André se diverte experimentando o visual imposto pelo amigo. Há no seu gesto uma forte dose de dedução e muito pouca originalidade; é, sem dúvida, um estudo que tentou dar conta do que veste um escritor numa noite de encontro literário. Pensa tudo isso na velocidade de um suspiro, como se o ar de São Paulo exigisse potência dos seus pulmões.

– Cuppo, eu agradeço todo o seu esforço de controlar a

situação e, também, mais uma vez, te digo que não há nada fora de controle, estarei lá, daqui a poucas horas, para dar o meu recado.

— André, não me trate como se eu fosse um ingênuo a serviço da sua vaidade. Claro, sei que comparecerá ao evento. No mínimo por você mesmo. Estou aqui porque tenho uma grande admiração por você e prefiro me certificar de que não irá se expor dessa forma, entende?

— Não! Não entendo! De que forma? De porre? Quanto a isso, acho que me conhece o bastante para confiar na minha competência. Quanto a qualquer outro devaneio que possa estar passando pela sua cabeça, te digo: não me force a representar nada. Não dou esse direito a ninguém!

— André N., acredite, desde quando confirmei seu nome, o telefone da produção não para de tocar. Várias pessoas estão querendo saber como reservar lugar para o evento, leitores seus absolutamente entusiasmados com a sua presença. Como toda essa manifestação de carinho não afeta você? Seus livros ainda o sustentam na cena literária sem um arranhão por conta do colapso, ou melhor, do lapso de tempo na sua produção. André! — segurou-lhe os dois braços. — Por que você se boicota tanto? Eu não tenho nada contra a sua opção pelo campo, pelo contrário, acho até coerente com o seu estilo, mas afinal por que essa alternativa anula a sua vida literária? O seu sucesso? Tenho certeza de que você estará presente e seguro de si, hoje à noite. Minha dúvida é se você não precisa de uma ajuda maior, que não é apenas circunstancial, de alguém que realmente não se afete pela sua ironia, que não tenha o pudor de falar essas coisas. Apesar de saber que você não acredita em nada e nem em mim, estou disposto a te falar o que penso e quem sabe ajudar a restabelecer minimamente as condições para você escrever sem sentir toda a pressão do mundo.

– Cuppo, acho que você se esquece que existem outros altares. Por favor, entenda, acredito piamente nos seus sentimentos, mas não preciso do seu bom senso. Podemos manter nossa amizade sem fabricarmos essa tensão, até porque ela se sustenta num falso problema. Quem talvez sofra mais com a minha falta de projeto literário é você, acho mesmo que nem necessariamente com a minha falta de projeto literário, simplesmente com a minha falta de projeto. Além do mais, quem te disse que não estou fazendo literatura a meu modo? Cuppo, acho que entendemos literatura de jeitos muito diferentes, porque olhamos a vida com grande adversidade, se é que existam olhares convergentes.

Quem são afinal esses leitores inconsoláveis? Ora! Por favor, não podemos convidá-los para o maravilhoso evento da leitura? Continuo convidando a todos, eu sei, parece incoerente para quem parou de escrever, mas entenda: sou mais egoísta do que incoerente.

Também não me interessa defender pontos de vista e a conversa está me deixando de ressaca. Acho que preciso de um pouco de ar ou comer qualquer coisa, sei lá. Deixemos de lado a necessidade de velarmos pelo que já está enterrado. Mais vale o contato com a literatura, o encontro com a obra, o espaço que nos reúne independente da situação. Quando estiver no auditório, lendo meu próprio texto, não poderei pensar se isso se dará antes ou depois de ter parado de escrever, de ter deixado São Paulo, do dia de hoje. O que fluirá na incursão pelo texto é e será sempre uma inevitável surpresa, jamais saudade. Se conseguir exprimir essa constatação sem ter que fazer a explicação da explicação, ficarei feliz. De resto, pego meu carro e volto para o que me interessa. Nada de inventários.

– Manaux, se escreve com: m de maria, a de aranha, n de nair, u de urso e x de xadrez; isso: m-a-n-a-u-x!
– Correto, aqui está a sua credencial. Após a leitura, haverá uma coletiva com o André N., coordenada pelo jornalista Afonso Cuppo. Confira no roteiro destinado à imprensa.
– Obrigado.
Da Glória à Avenida Paulista tudo mudou em muito pouco tempo, pensa. É a mágica que transforma a pouca distância entre as duas cidades numa grande diferença de cenários: aqui faz frio, venta forte, há muitos japoneses no metrô e a zona empresarial se mistura com condomínios de luxo. No Rio, a desvalorização do centro como zona residencial acabou abrindo brecha para quem admira a vida cosmopolita e nem por isso precisa ser bem-sucedido.

De posse da credencial, Benedito resolve preencher as horas caminhando pela Paulista.

A releitura dos dois livros me garantiu outro fôlego, outro registro mais próximo do jogo explícito de André, de suas sensações e de seu jeito de amar o mundo. Nesse encontro, sei que vai estar diferente, desenvolveu um jeito profissional de evitar jornalistas respondendo coisas do tipo: "falo contanto que o assunto não seja literatura". Na verdade, não tenho mais o foco da entrevista, perdi a articulação que se sustentava naquela figura do escritor niilista, contundente nas suas declarações, inclemente com qualquer tipo de defesa teórica para o seu estilo. Depois que me afastei das pesquisas na biblioteca, para reler os dois livros, descobri que não faz sentido essa imagem cristalizada pelo tempo.

Me sinto como se fosse encontrar com alguém de cujo rosto não me lembro mais. Só me restam as impressões do texto, a intimidade que criei sozinho e que não tenho como compartilhar publicamente, num auditório, onde outros interlocutores (convincentes nas suas argumentações, seguros o suficiente para extraírem afirmações interessantes) vão estar dialogando com essa pessoa que não é verdadeiramente o escritor ou André N., um duplo talvez, uma imagem do que os últimos artigos vaticinaram. Ele deve saber disso, constrói suas reações de acordo com as expectativas desse circo. Impossível esquecer algumas frases ditas em depoimentos à imprensa, como: "não há criação literária que se compare a uma criação de galinhas" ou "o escritor, como o chimpanzé cobaia, nada mais faz do que juntar duas varas para alcançar suas bananas". Impossível acreditar que ele diga isso apenas para polemizar.

Benedito procura um café. A espera não colabora para melhorar sua angústia diante daquele final de tarde na Avenida Paulista. Folheia os livros de André N. como se deles fosse possível extrair alguma palavra capaz de instaurar uma cumplicidade com essa figura desconhecida, o autor em pessoa.

No primeiro texto estão imagens ricas em detalhes que revelam uma escrita densa e poetizada, repleta de referências à cultura mediterrânea no Brasil. A tradição libanesa e a visão de um modelo familiar que expressa os dogmas do povo árabe, já adaptado à realidade do interior do nosso país. No segundo romance, apesar de ter abandonado as questões da sua própria origem, André também surpreende pelo que chamo de latitude dos seus diálogos. Uma verborragia colérica capaz de, na própria velocidade das palavras invocadas, provocar a desestabilização de quem as lê. Um texto espesso, quase um texto-escultura, não por primar pelas ousadias formais, mas por possuir texturas. Sinto o vigor, a sensualidade dos amantes, a tensão capaz de coadunar o corpo e o verbo num embate furioso, como se homem e mulher dialogassem em todos os níveis. O primeiro plano, no qual é possível ver e até sentir cada músculo em ação, seja na discussão seja no sexo. Imagens que se formam a partir dessa intensa movimentação verbal e sensorial, como se a garganta revelasse a mistura mais demoníaca do corpo com a razão. Taí! Seu discurso se esquiva de ser datado porque não existe a priori, como história ou enredo. Ele acontece quando se experimenta o encontro com o texto, até porque não se trata propriamente de uma história, mas de um polaroide da nossa câmara escura. André tem o mérito de revelar o inesperado. Que estratégia será essa? Que necessidade de vida o coloca nesse lugar-nenhum da incógnita, da surpresa constante? Não há coerência que sustente uma opinião sobre suas opiniões. Talvez isso justifique a forma como críticos e pesquisadores tenham vasculhado seus textos em busca de um discurso para o autor, como se fosse possível encontrar atalhos para seus pensamentos mais insondáveis.

A sua fala é envolvente, nos convida para todas as sensações às quais o espírito é submetido, não como templo sagrado, mas como lugar do desejo. Talvez esse tenha sido o meu grande susto: lidar com o desejo revelador de metáforas irreconhecíveis, em que a poesia fala e a língua trabalha com lascívia a nossa língua. Desse lugar não pude sair ileso, apenas ciente de que a legitimidade do que sinto não faz parte da vida do autor e sim da vida que ele introjetou como espécie de provocação no seu verbo. Hoje, meu interesse está na música incidental que o conjunto de palavras produz aos olhos de quem se aproxima e se surpreende com o que se experimenta para além da leitura – um grunhido, um sarro, um espetáculo particular.

Tive a sensação de que meu convidado/anfitrião – sim, porque os escritores usam esse duplo disfarce – nunca esteve como voluntário no próprio texto e por isso gerou uma espécie de presença absoluta, na qual sua intimidade deixou de ser pessoal para se tornar pública. E no meu afã de querer o risco que ele enfrentou (ou talvez até pela inveja mesmo da ousadia dele) pretendo retribuir no mesmo tom, oferecendo a minha sensualidade e o meu leque existencial que não chega a fazer de mim um artista. O que devoro da imagem de André N. me deixa mais humano no sentido menos poético e retocado do que concebi de mim mesmo. Como escritor me deixou desfigurado e já não escreve mais! Que encontro será esse? Ele o encarnado, eu a alma penada? Ele o dono da biografia, eu o repórter? Quem será o parasita de quem? Quem estará mais sozinho, sonhando que está vivo?

Nós participantes deste evento choraremos em *playback* pela dramática ausência de novas imagens e pela grotesca representação da vida do autor em pessoa, apostando que existe uma verdade e uma realidade enxuta para se viver – *Crying over you*.

– Garçom, por favor!
– Mais um café?
– Não, eu queria uma taça de *Chianti Ruffino*, é possível?
– É prá já!

Benedito para por uns instantes, pedindo trégua a sua própria cabeça, todas essas ideias naquele momento.

Pensa em registrá-las na sua agenda, mas teme perder a espontaneidade e prefere deixar vir à tona o fruto dessa química intensa com a chuva que cai lá fora. O garçom quebra o seu isolamento oferecendo a taça de vinho. A lentidão dos seus movimentos corresponde a uma espécie de inércia provocada pela alta velocidade de tudo o que sente.

Acho ingênua essa estratégia de abordá-lo pelo texto se a minha intenção é mesmo falar da sua vida e de como ela se dá na literatura, no fazer literário. Qual o tom certo para não ser devorado por sua ironia, para não o deixar escapar pela tangente? Deixá-lo escapar! Pareço um detetive tentando traçar um plano para capturar um agente inimigo. É disso que se trata... não há inimizade, não há por que responder às suas ironias ou se defender delas como faria um crítico ou um jornalista acuado. Tenho que fazê-lo perceber que topo seu humor cortante, que sou um especialista em tipos exóticos e que não estou querendo a moral da história, quero apenas a sua própria história e isso ele vai entender porque, querendo ou não, também gosta de histórias. Tratá-lo como um personagem querido, que celebro desde quando descobri ter no seu nome mais do que uma simples matéria. E por que apenas os escritores podem ter os seus personagens? Como leitor crio o autor à revelia do sujeito que encontrarei daqui a pouco e que, de alguma forma, gostaria que fosse bem próximo do que idealizei na cabeça.

Benedito ri para o garçom, que parece adivinhar suas intenções e prontamente se dirige a ele completando sua taça de vinho.

O trabalho, na sua essência, continua sendo um trabalho jornalístico. Já entrevistei personalidades muito mais importantes em situações muito mais difíceis, como aquela entrevista com um cineasta italiano; o tradutor era péssimo e tive que apurar, com um esforço sobrenatural, uma versão não oficial das declarações feitas na coletiva. Acho mais seguro fazer uma lista de perguntas. Na dúvida de como proceder, melhor é me garantir na experiência e não ceder a tanta insegurança.

1. O que traz o senhor a São Paulo: a saudade da literatura ou a saudade da mídia?

2. Quem para de escrever não deveria parar de falar sobre o fato de ter parado de escrever? Em que medida a repetição desse assunto já não está criando uma nova ficção?

3. Quem expõe a própria cólera, com surpreendente beleza, estaria mais apto a revelar com igual riqueza as próprias paixões?

4. A paradoxalidade é um vício ou uma condição?

5. É possível mudar o destino como se muda o percurso de personagens ou o acaso é o responsável pela autoria das nossas histórias de vida?

A caneta começa a falhar junto com a sua paciência. Suspira na tentativa de melhorar o humor. Olha tudo à volta, inclusive o garçom que novamente ameaça atender seus apelos com mais vinho. Benedito não se fixa nessa intenção, continua procurando alguma outra cena, mesmo sabendo que o rapaz obedeceria ao primeiro ajuste do seu foco.

As perguntas não estão boas, tudo parece mergulhado numa espécie de sarcasmo. Será que me transformei numa daquelas figuras deprimentes? Um fã que se veste como o ídolo, que fala com a mesma entonação e não disfarça a autoridade sobre a vida do outro, a despeito de nunca o ter encontrado para uma conversa? Alguma coisa não me deixa confortável, como se tivesse perdido a naturalidade necessária para atuar na interlocução com André ou adquirido uma lucidez insuportável, inibidora de qualquer convicção.

Não quero respostas prontas, mas preciso de perguntas prontas, o evento vai começar daqui a duas horas... Acho melhor sair desse café e deixar São Paulo acontecer um pouco diante dos meus olhos, com chuva e tudo. Independente de qualquer coisa, a chance de encontrá-lo está garantida. E o que estará fazendo pela cidade, fora dos seus domínios?

A pergunta parece ter devolvido a Benedito uma certa tranquilidade, de alguma forma supunha que o estranhamento seria uma espécie de ponto em comum entre os estrangeiros na cidade. Entre ele e o próprio André. Buscou no fundo da taça o perfume do que ainda restava de vinho. O tempo alterou o aroma, revelando uma fragrância menos agressiva e mais sincera.

São Paulo, 5 de maio de 2000.

Precisaria mesmo desse registro se o fato de estar aqui não me capturasse tanto? Sinto um cheiro de chuva a caminho, mas o concreto não reage a esse prenúncio. Na fazenda ou no sítio as coisas estariam se alterando com maior intensidade. Cuppo jamais vai perceber a sutileza da elevação de umidade no ar, porque os seus desejos são limitados pelo compasso das horas. Me parece um homem medroso, ou melhor, condicionado a um conjunto de gestos impostos pelas regras do seu próprio jogo, como se estivesse sempre decupando os acontecimentos, o tempo de agir, de olhar ou de pensar. Ele jamais dará boas-vindas a um temporal, sua pele não é fértil, seu paladar limitado aos gostos convencionais. Abre mão do inesperado por ser refém de protocolos. Padece de uma eternidade débil à medida que não entende que tudo é movimento e duração (música, respiração, desejo, construção, lavoura, leitura, palavra, pensamento).

Para que me esforçar em dizer isso? Não é possível ser leviano a ponto de buscar alívio num texto confessional. Para que arrumar as ideias? Para controlar os impulsos? André larga a caneta no susto, fixa o olhar na tabela a sua frente que apresenta algumas recomendações e sugestões aos hóspedes da Rede Paulista de Hotéis, os horários do restaurante, dos pedidos à cozinha, preços para serviços de lavanderia, telefones úteis. As roupas novas deverão ser devolvidas a Cuppo. Ensaiar essas linhas é completamente inconsequente, melhor nem reler e abandonar essas confidências no lixo da cidade. Seria preciso um escafandro, um balão de oxigênio para suportar esse sufoco. Escrever aqui me parece o gozo do enforcado, aquela licença poética para quem perde a garganta com o peso do próprio corpo.

Falar de Cuppo, se deter no desenho do homem civilizado que ele encarna tão bem. Não tenho como negar uma certa inveja. Quem está submerso num projeto alinhado com a história do seu tempo desfruta de uma ingenuidade, de uma felicidade total. Até os que agem despudoradamente em função das ambições pessoais quando obtêm qualquer tipo de êxito trocam a malícia pela inocência, descobrem a própria potência super-heroica. Não importa se vão desaparecer anonimamente por trás de uma apólice de seguros. Terão vivido a estreita aventura da submissão do desejo ao pensamento do seu tempo. Em alguma medida terão obtido um sucesso previsível. E quem não inveja a felicidade?

Ao entrar no táxi rumo ao centro cultural, André está preparado para reencontrar gente de todo o tipo – algo como mergulhar nas águas do Tietê e não se contaminar com a poluição de São Paulo. O sinal fecha na avenida engarrafada, o céu escurece à medida que o táxi avança em direção à Paulista. Chove. Rapidamente a cidade se encharca e o movimento ganha outro ritmo: pessoas correndo nas calçadas, carros rastejando nas vias. O motorista do táxi filma André pelo retrovisor e resolve fazer contato:

– Veja só... tem jeito? Tem jeito não! Se importa se eu aumentar um pouco o rádio?

– À vontade!

O trânsito para ao som da música sertaneja e André se lembra do seu rádio-relógio: o tempo automático molhando os humores, apressando os passos que buscam qualquer tipo de segurança. Retira do bolso um pedacinho de papel e anota, entre uma freada e outra: "Há sempre um copo de mar para um homem navegar".

– Posso ficar por aqui?

– Como o senhor preferir. Cuidado com a outra fila na hora de saltar!

– Toma, guarde esse verso com o senhor e use-o quando faltar música!

– Logo vi que o senhor era artista, foi só entrar que percebi pelo seu jeito de rir. Poeta, quem diria... obrigado, boa noite!

André não quis responder, nem consertar nenhuma daquelas observações, deixou o homem como se deixa um personagem que adquire voz própria – sozinho. Ganhou a calçada da Av. Paulista e diminuiu o passo. A chuva já estava fina e sua velocidade ainda era maior do que a dos carros. Aquele gesto descabido de entregar um verso de Jorge de Lima ao taxista talvez revelasse a sua vontade:

responder às situações com frases feitas, com citações, com epígrafes famosas, com versos ordinários de para-choques de caminhão. Um jogral que desse conta do senso comum, da curiosidade alheia, da conversação que não diz respeito precisamente a nada e que não arrisca um pensamento.

Explorar o anticonvencional é ter que enfrentar as dificuldades da surpresa constante, o descontrole da situação, a ausência de reflexo pela ausência de memória do ato. Nesse processo, descobrir que a cidade e as pessoas têm escamas cortantes e o insubordinado uma autoridade original, sem hierarquia e, às vezes, capaz de proporcionar prazer.

Para lidar com a antítese dessa aventura (ou daquela penetração desavisada na boca do lixo paulistano) poderia arrumar um espelho, enquadrar cada entrevistador na hora da pergunta e responder com um refrão de música ou uma bela citação literária. Entretanto, para confundir os olfatos mais apurados, seriam frases desordenadas, capazes de produzir várias respostas para a mesma pergunta ou até de gerar alguma pergunta como resposta.

A ideia anima André a entrar numa livraria no início da Paulista. Resolve, ao acaso, procurar fragmentos de textos para responder às questões mais previsíveis:

– O seu projeto era se dedicar à literatura definitivamente?

"As ondas do coração não chegariam a erguer tão alto e com tanta beleza a sua espuma até torná-la espírito, se esse rochedo antigo e mudo, o destino, não fosse o seu contraponto."

— A boa recepção dos seus livros por parte da crítica não o encorajou a continuar?

"Um escritor que a custo conseguiu arrastar-se entre duas guerras, e cujo nome por vezes desperta lânguidas reminiscências nos anciãos, me recrimina a ausência de preocupação com a imortalidade: ele conhece, graças a Deus, inúmeras pessoas de bem para quem a imortalidade é a grande esperança."

— Por que essa atitude de recusa radical em relação às teorias literárias?

"Deus não é necessário para criar a culpabilidade, nem para castigar. Para isso bastam os nossos semelhantes, ajudados por nós mesmos."

Perfeito! Eu poderia responder às perguntas com esses textos e de preferência sem abrir a boca, com um doce sorriso e a técnica de um ventríloquo. Satisfazer aos ouvidos mais gulosos, às línguas mais predadoras até atingir a normalidade máxima e me desintegrar. Ser substituído por uma família de citações repetidas incansavelmente em jornais, revistas, artigos, críticas e teses. Estaria assim renovando meu visto de imortalidade, saciando com a minha saliva a sede de informação, deixando de ser para estar em qualquer lugar e esse ritual se repetiria quantas vezes fossem necessárias (com a benevolência e o interesse de Cuppo) até atingir a canonização, com direito a marca registrada e *royalties*. Talvez me deixassem em paz, mas, também, deixariam de lado meus livros, passaria a ser um personagem dos departamentos de teoria, um nome de rua da metrópole paulista, onde os problemas do lixo e da fome são profundamente discutidos num acalentador café cultural. Não é preciso morar em São Paulo para saber que São Paulo não existe.

Ao chegar a essa conclusão avista Cuppo, que já está na porta do café. Junto a ele um casal conversa animadamente, André respira fundo e se aproxima. Se esse era um dia com manhã, tarde e noite, ali já estava escuro.

O nome na plaqueta de identificação, em cima da mesa, marca o lugar: "André N." Benedito se posiciona junto a outros jornalistas no lado esquerdo das duas primeiras fileiras da plateia. Em quinze minutos tudo começará. Resolve anotar novas perguntas:

– No seu primeiro romance encontramos ressonâncias islâmicas, bíblicas e orientais, marcadas principalmente pela referência à volta do filho pródigo, a que devemos sua visita a São Paulo?

– Muitas leituras apontam para o erotismo dos seus textos, a vida no campo também é sensual?

– Falar em público, levando em conta que esse aqui veio especialmente para ouvi-lo, é uma forma de escrever?

– O que tem em comum a aventura de escrever e a aventura de deixar de escrever?

Cada jornalista teria direito a apenas duas perguntas.

Benedito olha fixamente para sua agenda, analisando uma a uma suas opções sem chegar a qualquer conclusão. Seus pensamentos se voltam também para uma outra dúvida: como abordá-lo de forma a garantir um contato posterior? Cercando-o após o evento? Falando do interesse em produzir um material sério comprometido com a clareza das coisas?

A sorte está lançada, André N. entra no auditório, é conduzido pelo mediador, Afonso Cuppo, que o apresenta e confirma o roteiro do evento:

– Boa noite. Estamos mais uma vez reunidos para darmos prosseguimento à série de encontros com grandes autores da literatura brasileira. Hoje, nosso convidado é André N., escritor que se destacou no cenário nacional, a partir dos anos 70, com dois livros de grande sucesso que alcançaram um êxito incomum e que não o impediram de abandonar a literatura. André N. é considerado, por vários críticos, um dos maiores representantes da literatura contemporânea, um sucessor direto de Guimarães Rosa e Clarice Lispector. Gostaria de agradecer ao nosso homenageado que, como todos sabem, se dispôs a sair do seu retiro no campo para participar desse encontro. Aproveito também para agradecer a presença de todos vocês, que prontamente esgotaram as senhas disponibilizadas para o evento, nos animando a continuar com o projeto escritor/leitor que visa, basicamente, promover esse contato direto com os dois criadores de uma obra literária. Explico: o escritor, como o artista que concebeu o livro, e o leitor, como o outro elo fundamental para a sobrevivência do livro. Bem, não vou me prolongar mais, até porque estamos todos ansiosos para ouvir André N. Só gostaria de lembrar ainda que o roteiro prevê: após a leitura dos textos, uma entrevista coletiva, quando cada jornalista poderá fazer no máximo duas perguntas ao entrevistado; em seguida, um debate com as pessoas presentes na plateia, ou melhor, uma conversa informal, se o tempo de resposta às perguntas dos jornalistas permitir. Quero aproveitar também para lembrar que os dois livros de André N. estão à venda no stand situado no hall de entrada do auditório e pedir a gentileza de desligarem os telefones celulares, *pagers* e outros objetos do gênero. Obrigado, sejam todos bem-vindos! André, a palavra é sua.

– Boa noite. Gostaria de agradecer ao convite do meu amigo Affonso Cuppo, que me traz a esta cidade depois de algum tempo e ainda me oferece essa tonelada de elogios que faria qualquer um se benzer diante de mim lá na fazenda, ainda bem que eles não sabem de nada disso! Bom, quero declarar, também, a minha satisfação ao me deparar com tantas pessoas interessadas em compartilhar a leitura dos meus textos, gente bonita, como posso ver. Peço ainda desculpas pelo sotaque caipira e se alguém se irritar com ele, dou desde já permissão para se retirar sem nenhum nível de constrangimento. Escolhi dois contos escritos antes dos dois romances, simplesmente por achar que a leitura deles se adequa a esse tipo de encontro.

Benedito é tomado por um laconismo, como se tudo fosse uma grande encenação. Tem vontade de levantar-se e retirar-se sem grandes explicações. Sua frio, custa a acreditar que aquele ali, diante dos seus olhos, é André N. Quer gritar: que farsa é essa? Que brincadeira estúpida estão fazendo? Deixa a caneta cair (incomodando três pessoas na fileira para alcançá-la), sua inquietação rouba por um segundo a atenção de André, fica petrificado.

O início da leitura, porém, muda tudo. André desfaz a tensão do ambiente com delicadeza, introduz a trama com suavidade, como se apenas ele conhecesse o ritmo certo das palavras, a música da sua literatura. Cada marcação produz um tipo de emoção diferente. Fica nítida a sinceridade daquele momento. Apesar de conhecer bem o conto, para Benedito é como se a voz de André detonasse de uma só vez várias camadas, alcançando uma emoção original. Um ritual onde não há lugar para toda aquela gordura relativa à vida do escritor. O auditório está tomado de uma concentração generosa, a plateia sorve cada sílaba, cada respiração e André não poupa esforços em satisfazer o interesse geral.

Benedito tenta perceber a cumplicidade entre público e convidado (o ambiente está bastante intenso), observa ainda como André se alimenta com avidez, a cada olhar lançado por sobre o livro, da atenção da plateia. Está pulsante, íntegro e dominador. Benedito tem vontade de examinar de perto seu corpo, seus membros, seus órgãos, suas funções vitais, como quem aprecia os diferentes naipes de uma orquestra, descobrindo nas variantes outras leituras possíveis da mesma peça em execução – o texto. Tomar seu corpo como um químico competente se apossa de um novo componente orgânico, ativando suas propriedades, estudando as reações provocadas por cada palavra evocada, pelas ondas visíveis e abstratas da sedução. Uma curiosidade tátil, parecida com a de quem aprecia as formas e os diferentes cheiros dos livros.

Para ele esses desejos se sustentam na força daquela voz e estarão apaziguados quando André terminar a leitura. Com tudo isso, está tomado por uma felicidade triste, ansiedade que contabiliza o tempo, sutilmente, enquanto a emoção aflora: estar ali como jornalista ou como um homem tentando fazer contato com a surpreendente natureza de outro homem. Esse pensamento corre paralelo às palavras de André, como se a importância do que está acontecendo desse margem a essa tradução simultânea dos sentimentos. Independente do que possa ser revelado na entrevista, sua voz já não estará cercada por essa aura, pensa.

O texto parece estar no fim, mas há um equívoco nessa constatação e ainda um certo tempo de leitura. O susto provocado pelo engano altera seu estado que vai da taquicardia ao sono. Sua cabeça pesa terrivelmente, tenta controlar os olhos lacrimejantes que o traem diante de todos. Agora, boceja e chora menos de emoção do que de solidão. O texto acabará, a voz de André mudará de tom e talvez o resto seja apenas silêncio, pensa enquanto rabisca obsessivamente o mesmo ponto na folha do bloco.

Minha vontade é a de que ele lesse seus livros, que contasse suas histórias repetidamente e que inventasse novos livros e novas histórias prolongando a natureza desse encontro, o prazer do texto.

Houve um momento de pausa com o término das leituras, em seguida as palmas, os assobios, a inquietação nas poltronas. Jornalistas preparando canetas, revisando folhas de bloco, garçom servindo água e café ao convidado, Cuppo retomando a palavra com um sorriso encomendado. Houve ainda a insistência desastrosa de uma mulher gorda rompendo a cena para buscar um autógrafo, a interferência de Cuppo, agora sério, repetindo com dignidade o roteiro do evento e finalmente houve a voz de André, não a do narrador do texto, a do homem que olha direto, sem afetação, a do artista marcando posição e diferença:

– Eu gostaria, mais uma vez, de agradecer o convite do jornalista Afonso Cuppo para a apresentação dos meus textos. É um prazer estar junto de todos vocês, aqui presentes. Quanto à entrevista e ao possível debate, creio que tenho uma convicção bastante lúcida: nada a declarar! Obrigado e até uma próxima.

O auditório veio abaixo numa enxurrada de palmas e gritos de bravo. Se instalou a desordem completa que surpreendentemente também parecia fazer parte do evento, um grande show com a participação da plateia, inclusive da gorda que a essa altura já se debruçava sobre André falando desenfreadamente.

Benedito está ali parado, sem expressar qualquer tipo de reação, os minutos por um minuto se descontrolam, seus pensamentos dão voltas. As lágrimas de sono se secaram envernizando seu rosto, também ri, também bate palmas, bate os pés no chão, deixa cair tudo da cadeira, quase dança, quase grita: ninguém entra ninguém sai.

— Ninguém entra, ninguém sai! Ninguém entra, ninguém sai!

Aos berros provoca um silêncio improvável.

— Isto é um assalto? — a gorda provoca.

— Depende de quem a senhora considere o assaltante: aquele que rouba a atenção de todos nós, jornalistas, críticos, leitores ou, eu, que por um instante estou roubando a cena.

— O senhor está é sendo desagradável, isso sim! Não percebe que o convidado encerrou o encontro e que eu estava, justamente, defendendo a atitude dele... Se quer falar é só entrar na fila e deixe de ser palhaço!

— Minha senhora, o circo é de todos nós, não se iluda, a senhora também está fazendo a sua parte... portanto repito a todos: ninguém entra, ninguém sai!

Afonso Cuppo não esperava pela polêmica: um jornalista em pé na cadeira tentando controlar o auditório e aquela senhora opulenta ao lado de André, dedo em riste, querendo bater boca.

— Alô, alô, atenção! Por favor, um minutinho. Parece que estamos tendo uma performance fora do previsto. Peço ao meu amigo jornalista que desça da poltrona e que, se carece de um minuto de atenção do escritor, arrisque um lugar na fila de cumprimentos. No mais, acho que somos civilizados o suficiente para entendermos o que André N. pontuou e acatarmos sua decisão mantendo o nível, por sinal altíssimo e agradabilíssimo, do nosso encontro. Obrigado.

Benedito desce da cadeira e pega suas coisas, percebe que os outros jornalistas rapidamente se afastaram criando um raio de isolamento em torno do seu lugar, uma ilha que poderia ser "a ilha do ridículo", pensa. André pede o microfone:

— Cuppo, gostaria de alertar para o fato de que se o jornalista tem algo a dizer e se não reivindica a minha fala, não me importo de que faça uso do espaço para declarar, protestar, refletir, contanto que não solicite minha opinião para nada.

Benedito não acredita que alguma coisa o surpreenderia àquela altura dos acontecimentos. A astúcia de André é implacável. Como um titereiro brinca de manipular a reação do público que a essa hora se reduz a um grupo mobilizado para o desfecho daquela situação. Lívido se dirige ao palco sem fixar o olhar em ninguém, pega o microfone, ao lado de André, e volta seu olhar para a plateia quase vazia como se falasse para si mesmo num ensaio aberto.

— Peço desculpas pelo rompante, foi só um protesto

solitário e inadequado diante do término da sua leitura e consequentemente do prazer que ela foi capaz de nos proporcionar. Ficamos assim: o senhor dispensa as perguntas e nós não dispensamos a sua presença. Meu recado é para que percebam que o que o senhor deixa de falar também é literatura; quando pedi para ninguém entrar ou sair, estava apenas reivindicando o seu silêncio, frisando isso: o seu texto não termina com a pausa da sua voz, porque sua recusa em falar além-texto me faz pensar se isso não evocaria, também, o pensamento. Mas quem suporta perceber o outro em silêncio? Talvez aí nesse minuto insuportável tivéssemos acesso a um novo texto seu, quem sabe? Mas o inconformismo é todo meu. Obrigado.

André se surpreende e, após um minuto de reflexão, levanta e tenta interceptar Benedito que já desceu do palco e segue para a saída do auditório.

– Você, jornalista, aguarde, por favor!

Benedito para e se volta, tentando confirmar se André se refere a ele mesmo. E é verdade, lá está o escritor em pé desviando da fila, alongando o corpo para indicar que todo aquele esforço de simpatia é direto e concentrado nele. Parecem imunes ao assédio geral, como se o encontro estivesse marcado há muito no teatro.

Ali está a quaresmeira, inteira, inédita, nos olhos dessa figura. André se deixa levar por esse pensamento, se esforçando para não perder a leveza da ideia, a sequência capaz de permitir a semelhança entre o atrevimento daquele sujeito e a atitude não menos ousada das quaresmeiras. O *nonsense* do espetáculo e a pausa para uma reflexão criativa. O que aconteceria se a maioria aceitasse aquele jogo? Experimentaríamos um pouco de risco e alguma novidade na melhor das hipóteses ou um constrangimento avassalador, descortinando a mais sórdida realidade da animação cultural.

Sente uma excitação frívola como se naquele lugar improvável, diante do inusitado, pudesse ter encontrado um sentimento-quaresmeira no sujeitinho com pinta de intelectualoide. Tenta não reter as sensações para poder avançar nos planos, um exercício duro, visto que a solicitação dos presentes ainda é grande e que Cuppo (sempre ele) continua fiel como um pastor. Terá que driblar intervenções, interjeições, interrogações, entre uma camada mais dedicada de pessoas amigas. Sente vontade de desenhar (é sempre assim quando a ideia é mais complexa do que sua capacidade imediata de ordenar as palavras), mostrar para si o esboço, o estudo, a geografia daquele protesto solitário carregado de prepotência mas principalmente de soberania (um mergulhador reconhece quando alguém tem talento para o estilo apneia). Será preciso avançar com cautela para não perder o oxigênio desse encontro.

Agora, sim, parece um pesadelo, pensa Benedito. O tempo vai brincar comigo transformando essa fila inteira no fio de Ariadne. Eu, aqui, à parte, sem saber se sou Teseu que salvará as vítimas da fome do Minotauro ou se sou apenas mais um dos sacrificados esperando, resignado, ser devorado ou resgatado desse labirinto. "Nada a declarar" era essa a minha melancolia. Meu bilhete foi premiado e o prêmio é ter pressentido a reação dele. A realidade me confere a medalha de honra ao mérito (sabia que seria dessa forma), acho que nunca me senti tão próximo de um acontecimento, tão capaz de antecipar quase simultaneamente a escolha que ele fez. Porém, na prática, sua atitude é absoluta, não deixa brechas. Ele se mantém alheio ao assédio e manipula a cena. Dança com a mídia como se ela fosse uma mulher rancorosa, ouve suas queixas, mas impõe o ritmo e pressiona apontando o que cabe e o que não cabe no salão. Não sou seu fã, não sou apenas seu fã, o que fazer?

Só me resta esperar. Não soube lidar com a quebra de protocolo dele, logo eu que identifiquei todos os traços capazes de provocar sua atitude, acabei repetindo a caricatura dos seus gestos (quem diria eu também quebrando o protocolo), tão idiota como qualquer integrante de torcida organizada. Teria que partir pra cima agora? Tentar arrancar qualquer notícia, qualquer coisa? Um fio de cabelo, um botão da camisa, a carteira, um grito? Ele tá blefando, tá curtindo com a minha cara. Quando ele despreza o cerimonial está na verdade apenas reforçando a própria imagem e a plateia embasbacada goza diante do *popstar*. Não vai me impedir de agir como jornalista (esse impedimento existe desde já, desde mim); forcei o contato e ele me mandou esperar, deve saber o que quero e o que ele quer. Por que não o questionar sobre a recusa em falar com a imprensa, com a crítica, em insistir nesse discurso? Se fui capaz de convencê-lo a me atender é porque tem algo a declarar.

O jogo de André é claro, porém não houve quem se apresentasse como um bom interlocutor. Tudo o que pude ler nas entrevistas, em diferentes períodos, sobre o "exílio no campo", se resume a uma repetição enfadonha dos possíveis motivos e do inevitável retorno. Aos poucos percebi que a cada visita da imprensa reproduzia-se aquele cumprimento mecânico e burocrático do parente distante que repete sem nenhuma alteração ou mesmo surpresa, a frase: "satisfação em revê-lo". É nessa distância que se colocam, também, quase todos os críticos e acadêmicos. É desse lugar que se discute pensamento e arte no plano distante da "satisfação em revê-lo". Não quero revê-lo, revisitá-lo com uma especulação pueril sobre o seu silêncio. Por isso agi assim e permaneço aqui, molhado de suor, com as minhas coisas reviradas nessa bolsa. Vou continuar tentando ultrapassar as etapas desse *pinball*, até ele perceber que o boneco que ele achou diferente também pensa.

André se dirige a Benedito com um sorriso largo capaz de transformar toda aquela insegurança raivosa em cinzas de carnaval.

– Interessante sua fala, sua crítica espontânea, posso deduzir que você realmente se preparou para me entrevistar, sinto isso com uma certeza que não constatei nos olhares burocráticos dos seus colegas. Me desculpe, mas falo assim porque também já fui jornalista e sei quando uma pauta preenche a agenda do dia ou a nossa cabeça.

– É verdade. Me chamo Benedito Manaux, vim do Rio com a expectativa de fazer uma entrevista com você. Não estou representando nenhum veículo... é um esforço autônomo de tentar um depoimento seu.

– E sem querer experimentamos uma inversão de papéis, não foi? Quem acabou falando para a plateia foi você... e, justamente, o seu depoimento me chamou a atenção, talvez até pela minha curiosidade jornalística; acho até que estou querendo entrevistá-lo.

– Entrevistar a mim? À vontade. Contanto que o assunto não seja literatura, não é mesmo?

André não contém o riso. Aonde quer chegar? Pensa.

– Ok! Se a brincadeira é troca-troca, você está absolutamente certo. Que tal falarmos das mudanças climáticas que têm afetado a produção rural, aqui no Sudeste, e que de alguma forma podem estar relacionadas com o seu protesto? Conhece o cenário da seca?

– Não, não conheço. Confesso que não dei conta de estudar sua empreitada atual, não consegui ir além do outro campo: a literatura. Talvez por falta de tempo ou por excesso de interesse na fase anterior da sua vida, período no qual todo mundo se detém ainda de alguma forma, seja através da leitura dos seus livros ou mesmo vindo a este centro cultural ouvi-lo dar voz às próprias palavras; que convenhamos não têm nada a ver com agricultura.

– Será? Penso se de alguma forma toda esta movimentação numa noite paulistana é possível apenas pela obediência do rebanho das letras a qualquer pastor cultural. Até porque quem divide a minha biografia em fases perde a oportunidade de inaugurar uma nova fase: a da aproximação com o que se dá agora.

Benedito sente o golpe da crítica cortante, resolve baixar o tom da voz como se mostrasse, nas entrelinhas, que o sufoco é de verdade. Treme, balbucia e se declara:

– Eu quero falar mesmo é sobre o abandono da literatura, a sua opção por parar de escrever.

A fila acabou, é possível experimentar algum silêncio assim como nomear a plateia. São todos amigos ou amigos de amigos. À esquerda de André, um núcleo composto pela bela Maria Inês, professora de filosofia da USP (colega dos tempos de graduação na universidade); por Ricardo Lins – ele mesmo, o responsável pela crítica que detonou o nível das perguntas dos entrevistadores de André N., na edição dedicada ao autor pela Revista de Cultura – e Dado Mariano, o poeta, companheiro de André nas assíduas incursões gastronômicas pelo mercado central de São Paulo, na época do jornal. Junto a Cuppo: Rodrigo Borges, Carolina Proença, Teca Seade e João Fonseca (sempre a fim de reunir toda essa gente para um conselho editorial).

André olha Benedito com uma sinceridade exagerada.

– Benedito, então estamos falando de interesses comuns,

retrate a importância das mudanças climáticas. Poderíamos marcar de você ir lá na minha fazenda, você escreve o que quiser, como se estivesse visitando um amigo.

– Por que não me concede um tempo aqui, na sua agenda paulistana?

André sente o choque contra a vitrine intransponível. A vespa que não consegue sair do pote de vidro se debate num arrepio guloso, se certifica com o olhar gelado que aquele rosto é uma distorção, mas nunca o dono da voz no banheiro do bar. Será que fiquei refém daquela ausência de imagem, do escuro quente que engoliu meu pau e me lançou nessa cidade? Quaresmeiras elétricas, damas da noite de São Paulo, tudo faz sentido. Por que ele perdeu tanto da espontaneidade quando começou a defender seus interesses?

– Não existe agenda paulistana, não existe...

Sorri num espasmo. A verdade é fria, pensa.

Benedito tenta manter os sentidos aguçados, entretanto o descontrole é total a ponto de poder ver a cena de fora, como se não comandasse mais os pensamentos. Percebe-se débil, intimidado, incapaz de jogar para o alto o caderno do dever de casa, não sabe por que essa imagem voltou. Segue com uma fala automática, quase protocolar, o avesso do que poderia oferecer caso pudesse se preocupar menos com a condução dos acontecimentos.

– Insisto para que possamos nos encontrar amanhã. Poderíamos estar juntos no lobby do seu hotel, pela manhã ou em outro horário a sua escolha. Depois planejamos melhor a data e vou (eu vou!) a sua fazenda. Quem sabe até com uma garantia para a publicação da matéria.

– Não tenho o menor interesse por qualquer espécie de publicação. Não era o meu silêncio que você estava reivindicando, há tão pouco tempo? Pois acho que é realmente o melhor que tenho a oferecer. Nem tudo se resume a pergunta e resposta, rapaz.

– Então por que pediu para aguardá-lo? Sabendo que sou jornalista, que tenho interesse em entrevistá-lo, que tínhamos uma coletiva marcada...

– Isso foi colocado de lado com a minha frase encerrando o encontro, perceba que não pedi para esperar com a intenção de conceder-lhe uma exclusiva, melhor pensar em jogar conversa fora; mas você talvez não me entenda ou esteja com uma determinação muito exagerada. Ok, está fazendo o seu papel.

André baixa a voz e encena um segredo no ouvido de Benedito:

– Publique o que conseguir apurar do meu silêncio, está autorizado.

Se despede com tapinhas nas costas de Benedito, que se adianta para sair do teatro antes do escritor, de Cuppo e do restante que os aguardavam. Na pressa não sabe direito qual direção tomar. Para diante da bilheteria do teatro e se apoia no guichê fechado, dividindo o espaço com dois moradores de rua que se abrigam da chuva. Aquele tapinha está doendo na garganta.

Poderia ter transformado toda aquela cena num acontecimento, mas isso era apenas uma necessidade minha, não dele. Um equívoco. Tudo coube na minha especulação sobre sua vida que não representa nada diante da vida em si. Um encontro com alguém que não quer encontrar-se com ninguém; por que criei tanta expectativa? Me oferece a visita à fazenda como um déspota que estende os tapetes do palácio onde controla a vida do mais longínquo cipreste; o Minotauro e a fome labiríntica. Como poderia ser diferente?

Benedito fita o cartão que contém apenas o nome em letra de fôrma André N., nem o endereço, nem o telefone ou *e-mail*. Devolve o cartão para o bolso e se lança no apelo confortável de um táxi vazio. Dedicaria página central à matéria? Ampliaria tanto assim toda aquela informação contida em um nome? Ninguém acreditaria. Alguns textos são impublicáveis e se reservam apenas a quem os encontra. Olhou mais uma vez para o cartão, sob a persistência inevitável de um engarrafamento. Não tinha endereço e talvez por isso fosse repleto de silêncio. Sentiu mais raiva ainda da perspicácia de André. Sem a direção como seria possível chegar à fazenda?

Tentou rir sozinho da própria sorte, do sabão da gorda, tentou achar tudo engraçado, mas faltava velocidade ao carro, não havia como tratar a frustração com efeitos de ilha de edição, sem fazer o tempo, as imagens e a cidade correrem; sem ganhar o risco como um brinde, uma surpresa. Suava frio, escorregava alameda abaixo no vagar alucinante do trânsito, seguia letárgico, incapaz de apagar tudo rapidinho e o cortejo enterrava alguma coisa dentro dele mesmo. Uma boa música! Uma boa música talvez absorvesse todo aquele desprazer, ou (intimamente como sabia) aquele profundo prazer. Um exercício de avanço e recuo em direção ao outro, só avanço em relação a si mesmo. Se o homem sempre foge para trás ou para frente, melhor mesmo ter ficado por ali sob o risco de não ter como seguir pelos próprios pés. Sem música foi obrigado a continuar pensando e o tapinha nas costas doía na garganta.

Capítulo 5

A chegada e a saída. Dois espaços de tempo que estão marcando a viagem a São Paulo e a minha vontade de ter ido ao encontro de "André N.", o personagem que não criei e que adquiriu vida própria. Ele tem o meu nome e, talvez, mais destaque do que os meus livros. Sua história é curta, não chega a ser um conto – lá na fazenda poderia ser considerado apenas um causo – mas se assim fosse perderia a força dramática que alimenta a curiosidade, no circuito literário, sobre o motivo que o levou a parar de escrever.

O que perseguem nesse "André N." não tem efeito moral ou ético, trata-se apenas da vontade perniciosa de se invadir a minha intimidade, como se a exposição pública dos desejos mais insuspeitos das pessoas explicasse as diferenças, banalizando-as.

Se eu respondesse com riqueza de detalhes e fatos concretos (não adiantariam reflexões subjetivas) o motivo que me levou a abandonar a literatura, minha confissão serviria de incentivo a outras confissões. Talvez contribuísse para reforçar um costume da sociedade contemporânea: o privado metamorfoseado em espetáculo.

O que pude fazer e continuarei fazendo, quando for conveniente, é sair em defesa dos meus livros. Não sou obrigado a compactuar com especulações, ainda mais quando a referência é um episódio que, sinceramente, considero menor na minha vida. A literatura não merece isso, muito menos o leitor ou qualquer cidadão. A arte se alimenta também de perguntas que ficam sem respostas.

O retorno marcou o exorcismo de alguns fantasmas. São Paulo pareceu-me mais distante, mais óbvia, envelhecida, como os parentes que encontramos na ceia de Natal. O circuito cultural não consegue romper com seu discurso conservador capaz de ostentar uma sofisticação de ideias, sem, com isso, transformar a cidade num lugar mais acessível e descontraído. Nessa perspectiva rejeita-se a decadência, a pajelança dos excluídos, a inconsciência dos loucos, os amores de grande risco, os passeios sem estacionamento e mais uma lista infindável de coisas que não estão nos circuitos fechados de TV nem na mastigação de pipocas inocentes. Perde-se o olho grudado no livrão da vida.

O meu exílio voluntário gerou uma preocupação com a minha falta de justificativas, produziu também um incômodo por nunca ter ocupado outro espaço senão o da literatura para marcar minha presença. De alguma forma sempre estive ligado à cidade e somente pude sair da malha urbana porque fiz parte dela. Não há mundo virtual ou mídia que me acolha, nem centro cultural que democratize qualquer tipo de encontro. O que pude extrair do concreto é o inverso do que retiro da terra, que me dá a maravilha de tudo. Como sustentação dos grandes centros, o concreto expõe o desgaste da razão. Sua erosão é uma ameaça sutil e constante às formas do discurso, traz no seu bojo a sedução do que pode ser bem inventado e também o dano que causa a partir da sua pretensão à eternidade. Fica nessa observação aquele mesmo pensamento que me veio à cabeça quando Cuppo me convidou para o evento, em São Paulo: o ser humano não falha. Hoje, minha presença é minha literatura.

Voltar para a fazenda é voltar para a minha casa, é continuar atento às experiências nas quais a vida se desdobra nos mínimos detalhes, possibilitando variações, novos arranjos no percurso do dia, com a delicadeza das mãos de Glenn Gould tocando Beethoven.

André para o carro por alguns instantes. A chuva agora desce solta pela mata, chega até o para-brisa de forma envolvente, o vento provoca oscilações, criando uma espécie de cortina que esvoaça. A fazenda está cada vez mais perto, porém ainda há uma grande distância traindo sua vontade íntima de se sentir perto de alguma coisa. Pensar São Paulo como um dos motivos do retorno, de retomada da vida no campo, não devolve nenhuma certeza ou conforto.

Finalmente há chuva, visita tão esperada nesses lugarejos em que o tempo parece estar descomprometido de tudo, acontecendo à revelia de todo o tipo de programação. A chuva é mulher porque altera o estado das coisas, fluidificando, aromatizando, trazendo brilho e frescor, pensa.

André reduz a velocidade e resolve passear pelas ruas de São Gabriel. Ninguém à vista, nenhuma janela aberta nas casas da periferia, mesmo assim seus olhos observam os detalhes de cada casebre, o acabamento das construções, os batentes malconservados, as soleiras inexistentes, as ripas de madeira que funcionam como guarda-corpo das varandas cimentadas com vermelhão, os telhados de amianto e suas antenas parabólicas.

São dez horas da noite e não faz diferença, tudo é deserto. São ruas desabituadas ao público, com calçadas estreitas e áridas. Nelas, os postes e a fiação representam o grande marco do desenvolvimento. Não foram projetadas (como quase tudo naquela região), compõem uma cidade vira-lata, que vive por insistência, sem nenhum cuidado ou planejamento.

Essa decadência também tem a sua poesia, em alguma medida, sob influência da própria natureza que a cerca, São Gabriel resiste por não ser refém de nenhum padrão estético. Cuppo prometeu uma visita, mas talvez se decepcione ao constatar que tudo, absolutamente tudo, continua igual: a barbearia com seus ladrilhos hidráulicos, a velha estação desativada, o antigo hotel com seu corredor comprido aos olhos de qualquer passante, o mesmo calor, a mesma eternidade. Aqui habitam as lembranças, as histórias de todas as famílias, a fé cristã que ajuda a manter a dignidade e a vontade de viver, incompreensíveis para quem depende de um conceito de vida. Somos fantasmas, reminiscências aflitivas, que se concentram em torno de sentimentos antigos: amor, solidariedade, misericórdia, resignação, avareza, rancor, esperança. É com esta mesma sinceridade que sempre persegui uma literatura mais intuitiva, impregnada de sentimento, sem nenhum pudor ou ideia de se transformar em outra coisa. Nada distante de uma rotina, o dia trazendo consigo o eterno recomeçar, incluindo aí a retomada do texto, do traçado da trama; introduzindo tempo e sentimento, textura e cor, até que a última camada de palavra desse movimento, leveza, garantindo também intensidade. É dessa insistência que pude extrair as ideias mais significativas, descobertas não por acidente e sim por um trabalho de composição, sobretudo de percepção. Exercício constante que marcou fortemente a minha vida no período em que escrevi os livros e que, de certa forma, nunca deixei de praticar.

A relação que estabeleço com a fazenda e com os meus empregados, com as imagens de São Gabriel e seus habitantes, com os redemoinhos humanos que levantam a poeira do delírio e sujam com atitudes incompreensíveis as concepções estéreis da verdade, é sempre uma relação franca, espontânea, sem artifícios ou vícios de linguagem. Uma literatura menos messiânica porque não apresenta uma visão única de mundo e, em nome dela, leis que neutralizem qualquer autenticidade, restando aos homens brincarem de descobrir: quem é o mais devoto? Quem é o mais genial? Quem é o mais monopolizador? (Egoístas somos todos). Essas brincadeiras nunca me atraíram porque prefiro me divertir com minhas efêmeras vitórias pessoais, que não se acumulam, não servem de exemplo e jamais imporão uma verdade.

O que encontro ao trabalhar a terra é o processo vivo da criação das coisas. A convivência com a gente daqui é intensa. Não nos relacionamos porque buscamos uma identidade. Temos com o campo, com a natureza, um elo de responsabilidade que gera uma – Gabriel é mais refratário ao que se entende por democracia no neoliberalismo do Brasil de São Paulo e sua livre concorrência. Aqui, por ignorância ou grande sabedoria e também – por que não assumir? – por imobilidade social, vive-se a vida e eu gosto disso.

A chuva trouxe muito lixo para a praça da matriz, ainda faltam uns doze quilômetros para chegar ao sítio, André prossegue devagar, retornando aos poucos, redescobrindo a força e a delicadeza do lugar. Diante da casa de Cristóvão para e imagina o que acontece: os filhos dormem, os pais trepam depois de conferirem que não existem mais goteiras, que a impermeabilização da laje foi um sucesso. Problema antigo que André ajudou a resolver.

São privilegiados, uma espécie de classe média do lugar, mas suas ambições são ingênuas (com toda a sacanagem que Ângela inspira). Pertencem a esse anacronismo de São Gabriel: são bem-sucedidos, têm filhos saudáveis, moram em casa própria e possuem um carro sempre muito limpo, com panos cobrindo o estofado. Eles combinam com a pavimentação pré-moldada da rua da praça, aparentemente banais e universais, com todas as propriedades de um produto do século XX. Acho mesmo que Cristóvão e Ângela são mais cosmopolitas do que as instalações mais cosmopolitas de São Paulo, dialogam com seu tempo de forma espontânea, simplesmente fazem parte do mundo.

Na saída da cidade aparece uma birosca aberta, com uma luz fraca, que tenta destacar o tabuleiro com rosquinhas doces embaladas em papel celofane cor-de-rosa, salgadinhos de pele de porco, um bolo simples, cigarros e cachaça. Uma cobertura de plástico funciona como uma espécie de marquise. Devido ao grande volume de chuva, possui uma enorme barriga d'água que obriga quem entra a se abaixar. Tudo lá dentro está de alguma forma molhado e isso não parece incomodar. Um basculante aberto respinga chuva no rádio que dá voz à noite com uma modinha chorosa. André estaciona bem na porta, entra, cumprimenta os três homens presentes (conhece dois deles) e pede uma cachaça. O dono do bar pergunta se a chegada à cidade foi muito difícil e se houve alguma queda de barranco ou coisa do tipo. A pergunta leva André a sorrir e observar que é sempre difícil a chegada.

Ao fazer um autoexame, constata que a sua aparência é bastante parecida com a daqueles homens. Está com as bainhas das calças dobradas, a blusa molhada e aberta até o peito. Não fosse pela brancura da sua pele, pelos seus traços árabes e por ser o dono da fazenda, principalmente por isso, poderia ser qualquer um dos ali presentes, mas sempre será uma imagem destoante dos blocos pré-fabricados que formam o calçamento de São Gabriel.

– Não, não vi nada demais, as coisas parecem estar resistindo a todo esse temporal sem grandes catástrofes. Outras vezes, quando as águas derrubaram morros matando famílias inteiras ou quando inundaram as plantações arrasando as safras, serviram para a gente buscar com mais força a fé, a determinação de seguir adiante. As tragédias nos revelam a determinação de seguir adiante. Quando estamos no meio da confusão pensamos nas coisas mais bobas, não é mesmo? Acho melhor aproveitarmos a boa pinga, a boa prosa e, quem sabe, brindar por toda essa água que cai, as plantações dependem disso. Vou seguir viagem, até!

– O senhor não quer esperar um pouco, a curva lá da entrada do sítio do Chiquinho deve estar com uma poça muito grande... sem falar na ponte de madeira e se o rio estiver por cima de tudo?

– Não, não se preocupe, eu vou com calma, se perceber

que está muito difícil, volto. O melhor é a gente agradecer porque este temporal vai diminuir e a chuva fina deve durar até o fim de semana, aí a gente pode ter chance de salvar a lavoura!

— Deus abençoe suas palavras, seu André! Mas não sei não...

— Acredite! Vi num serviço de informação do tempo que ela deve durar até sábado ou domingo. Até mais!

O cansaço o faz subitamente querer chegar em casa. André percorre os últimos quarteirões com determinação até alcançar o fim da alameda que encerra uma das entradas da cidade, dali em diante a luz torna-se mais precária e o barro volta a fazer o caminho. Quanto mais se aproxima vai reconhecendo os cheiros, os contornos, a intimidade da escuridão. Agora, a estrada é um breu quase total. Poderia optar por uma trilha que passa por cima do morro à frente, que já faz parte da sua propriedade. O sítio está na encosta do outro lado deste mesmo morro. Mas o desejo de chegar rápido é oposto à condição de aventurar-se com o carro na mata, prefere seguir pela estrada principal a encontrar o rio que margeia um pedaço do tal atalho, depois de passar pelo terreno do Chiquinho.

Eu já poderia ter chegado se não tivesse ficado tanto tempo em São Paulo. Também não haveria por que ter pressa, não há ninguém me esperando atravessar a tempestade e mesmo que houvesse não evitaria a implacável solidão que me inunda mais do que essas águas. Não temo a natureza, temo a minha natureza, só que desde pequeno aprendi a criar as minhas próprias leis, possibilitando um conhecimento profundo da minha liberdade. E transformar a solidão em liberdade é dar ouvido à própria voz.

Adiante, André confirma a previsão do homem da birosca: não há passagem na ponte, o rio tomou conta de tudo, resta a opção de voltar ou de estacionar o carro num lugar mais alto e seguir a pé pela trilha. André abre a porta do carro, tira os sapatos, um sorriso tenso tenta adivinhar se os pés vão encontrar muito frio, mas aquela consistência será sempre inconfundível. Pisa na terra molhada e por uns instantes fecha os olhos sentindo lentamente o prazer daquele contato. Resolve abandonar o carro ali mesmo e seguir. A chuva engrossa forçando passagem pelas canaletas que margeiam a estrada. As grandes poças d'água pululam como se fervessem. Segue determinado até um ponto mais avançado. De repente para e tenta olhar à sua volta: a chuva, a mata, o barro, o barulho da água, seu corpo encharcado, seus pés cobertos pela lama.

Mais uma vez é surpreendido pela inevitável implacabilidade do acaso: tão perto, tão longe de tudo. São horas de chuva mudando o caminho, o tempo do percurso, transformando a paisagem, banhando seu corpo sem nenhum pudor. A madrugada avança lançando a indefinição sobre as coisas: pegar a trilha? Retornar ao centro da cidade? Morrer ou sobreviver? André ri da situação. Pensar nas alternativas ou na falta de alternativas lhe traz a lembrança do que se repetia a cada escolha de final para as histórias que escreveu.

Nesse exato momento do texto, era possível exercer plenamente o livre arbítrio, um prazer sem pudor, sem nenhuma espécie de interdição; experimentava a estranheza completa das coisas produzindo um efeito contrário de conforto e de reconhecimento insólito. Momento no qual tanto o perigo como o abrigo eram bem-vindos porque descobria, num segundo de vida, que tudo, absolutamente tudo, já estava escrito.

A tempestade, que me absorve por inteiro, me força a mobilizar todo o corpo em torno de uma ideia: já não possuo o controle sobre o destino de André N. (ou talvez ele já controle o meu).

A água que torna a realidade espessa resgata em mim o tempo da literatura, um fluxo maior do que a razão suporta, uma sensação total de mundo. E agora? O que farei? Se eu morrer poderemos enfim nos tornar um só André N.? Se eu sobreviver continuaremos à sombra um do outro? Se puder negar a ele o meu olhar, a minha tinta e o meu verbo, poderei dar-lhe o esquecimento necessário antes que ele me dê uma versão definitiva de vida?

A morte de "André N., o escritor que abandonou a literatura" poderá ser a publicação da sua autobiografia. Eu introduziria lances insuspeitos vindos dos tempos mais remotos, uma retrospectiva tão intensa quanto esta mata, tão caótica quanto as ondas de frio e calor que invadem o meu corpo, um livro aberto sobre o personagem que a mídia inventou. Capaz de oferecer minhas vísceras como o prato principal para os paladares mais sofisticados: a infância em família, os numerosos irmãos, a criação de pombos, o pequeno bazar do pai, a fé no catolicismo, a dificuldade em pronunciar o "r" fraco, as sete convulsões na adolescência, as aulas de português com a irmã, a mudança da cidade do interior para a capital paulista, a faculdade de direito, depois a de filosofia, o grupo de amigos, a viagem para os Estados Unidos, a passagem pelo jornalismo, as primeiras ideias do primeiro livro, o livro, o segundo e último livro, o abandono da literatura, o assédio da mídia, a mudança para o campo. Tudo pormenorizado numa cobertura completa: hábitos, sonhos, projetos, referências literárias, opinião sobre a produção contemporânea, esclarecimentos sobre a literatura pós-moderna e sobre a situação dos escritores emergentes das periferias do mundo, posição sobre as sanções necessárias para os países que mais contribuem para o aumento do buraco na camada de ozônio, assim como: sobre o narcotráfico, a exploração da mão de obra infantil no Brasil ou a internacionalização da Amazônia; além de todas as memórias involuntárias. Finalmente anunciaria meu possível retorno com um romance policial lançado via Internet, além da colaboração com artigos mensais para um caderno cultural de um grande jornal. Seria então desprezado pelos jornalistas por excesso de novidade.

André tira a roupa molhada, entra rapidamente no carro e resolve esperar. De alguma forma acredita que está em movimento. O rio a alguns metros de distância começa a arrasar tudo. Não é possível ver coisa alguma para além da luz do farol, que parece projetar um filme de violência no qual as águas protagonizam com intensidade e beleza a fúria da tempestade. A estrada, naquele ponto, está prestes a perder a terra firme. Dois fluxos d'água que passam velozmente pelas margens da pista estão se unindo – vai ser impossível salvar a lavoura, pensa. Liga o carro e engata uma ré até alcançar um ponto mais alto, de longe continua capturado pela insistência das águas, a adrenalina sustenta sua vigília. Não há mais nada a fazer a não ser esperar para poder retornar. Mas a espera também é uma espécie de ficção.

© 2022 Marcelo Carnevale
Todos os direitos desta edição reservados à Laranja Original.

www.laranjaoriginal.com.br

Edição Renata Py
Projeto gráfico e capa Marcelo Girard
Imagem da capa "A 'typestract'", de H. N. Werkman (1923)
Revisão Paula Maciel Barbosa
Produção executiva Bruna Lima
Diagramação IMG3

Dados Internacionais de Catalogação na Publicação (CIP)
(Câmara Brasileira do Livro, SP, Brasil)

Carnevale, Marcelo
O chimpanzé cobaia / Marcelo Carnevale. –
São Paulo, SP : Editora Laranja Original, 2022.

ISBN 978-65-86042-58-0

1. Romance brasileiro I. Título.

22-129311   CDD-B869.3

Índices para catálogo sistemático:
1. Romances : Literatura brasileira B869.3
Eliete Marques da Silva - Bibliotecária - CRB-8/9380

Laranja Original Editora e Produtora Eireli
Rua Capote Valente, 1198
05409-003 São Paulo SP
Tel. 11 3062-3040
contato@laranjaoriginal.com.br

Papel Pólen 90 g/m²
Impressão Psi7
Tiragem 200 exemplares